MW01245579

François Nourissier

Lettre
à mon chien

Gallimard

François Nourissier est né en 1927. Il est l'auteur d'une douzaine de livres, a été traduit en huit langues et a reçu le Grand Prix du roman de l'Académie française (1966) pour *Une histoire française*, le prix Femina (1970) pour *La Crève* et le Prix de Monaco (1975) pour l'ensemble de son œuvre. Il partage sa vie entre Paris, la Suisse et la Normandie. Il est critique littéraire au *Point* et collabore régulièrement au *Figaro*.

Les becs de gaz allumés voient passer ce couple amical et cynique au vrai sens du mot, ces deux personnes franchement liées l'une à l'autre, chacune avec son champ d'action plus ou moins restreint, ses goûts ancestraux et ses expériences personnelles, ses lubies, ses envies de grogner et quelquefois de mordre : un homme et son chien.

Marguerite Yourcenar,
Souvenirs pieux.

Des enfants qui jouent avec un chien, sur une plage, un matin d'été : n'allons pas plus loin, voilà le monde justifié. Comme les enfants, comme les primitifs, comme le peuple, les animaux ne prétendent pas. De là qu'on ne peut leur en vouloir de rien. De là qu'on n'a jamais à les mépriser : immense repos. Enfin, plus souvent que l'homme, ils sont nobles.

Henry de Montherlant,
Service inutile.

Un petit chien jaune

Le type est barbu et fume un cigarillo. Sur la tête il porte un casque de théâtre, genre *La Belle Hélène* ou guerrier wagnérien, en carton-pâte probablement, d'un or doux de vieux cadre, et sur les épaules une manière de tunique qu'il pourrait avoir confectionnée dans le châle de cachemire dont tante Blanche ornait le demi-queue du salon. Aux pieds, aux jambes, je ne sais plus. Sans doute un jean effrangé comme ils en ont tous, et des baskets crasseux. Hilare, exalté, il marche en criant parfois : « Happy Christmas ! » les yeux avides à la recherche d'autres yeux. Il tient en laisse un petit chien jaune. Récalcitrant, le chien.

La scène se passe à New York un dimanche matin d'octobre.

Les livres ont une étrange façon de nous sauter dessus. On les croit à cent lieues, abstraits, informulables. Un incident soudain les révèle, et leur évidence implacable, charmeuse : il y a beau temps qu'ils nous habitaient. Ainsi de ton histoire,

Polka. Elle était installée en moi, mais comment
le savoir ? Elle attendait un signal, cette pointe
cruelle — blessure, souvenir — qui me perce ce
matin-là sur la Cinquième Avenue, éveille en moi
des échos de jeux, d'angoisses, donne vie et
mouvement au cinéma de Polka, me presse
d'écrire, va me poursuivre au long de tout ce
dimanche de vent tiède et de soleil.

Car il faut imaginer ainsi la scène : des rafales
bousculent les coiffures, c'est le silence dominical
avec ses promeneurs, les touristes japonais, les
drapeaux sonores, les gouttelettes des jeux d'eau
qu'éparpille le vent. Et les hautes façades de
reflets et de bronze. Les passants regardent à
peine le type, ils ont l'habitude, ils en voient tant,
pensez : New York ! Si, pourtant, des vieux, des
dames proprettes, des retraités à leur aise, toute
une humanité à petits pas : ça les offusque, ce
dingue, ce grotesque, et le petit chien jaune qui
essaie de prendre racine dans l'asphalte.

Alors je brise en moi une pudeur. Je pourrais
m'arrêter moi aussi, me faire leur tête peinée, leur
bleu regard choqué, renonçant. Comme eux,
exactement comme eux, comprenant leur indigna-
tion et leur lâcheté, filant doux, mine retournée,
quand le type fait geste de frapper, du bout de la
laisse manié en guise de fouet. Une laisse, d'ailleurs, c'est beaucoup dire. Une longue sangle
bleue, sans collier, dont on a passé une extrémité
dans la poignée, de sorte qu'un nœud coulant
assez lâche étrangle quand même le chien jaune

s'il s'obstine à freiner des quatre pattes. « Merry Christmas ! » Une voix de fou, grave et violente. Et toujours ce regard triomphant, cet appétit de croiser d'autres regards.

Il a pris maintenant le chien sur son épaule et il remonte l'Avenue vers le Park. Vaguement, les gens suivent. On voit le chien — un bâtard de fox à taches noires, les oreilles marrantes, pointues —, la tête penchée dans le dos du type, regarder le trottoir avec nostalgie. A peine reposé à terre, d'une torsion de l'encolure il échappe au nœud coulant et se réfugie à dix pas, dans l'encoignure d'un building, là où la façade forme angle droit pour dessiner une porte à tambour. Il se recroqueville, fait face, l'œil suppliant, minuscule au pied des soixante étages de verre et d'acier, tellement désarmé, solitaire, la ville immense autour de lui, et ce barbu au casque grec qui s'approche et murmure des injures à odeur de cigare, trois Japonais qui grimacent en prenant des photos (la photo : un petit chien, une paroi de verre où courent les nuages, un guerrier au cimier hérissé de crin...), mais il ne peut pas se résoudre à jouer vraiment les fauves, les hargneux, et quand le type lui parle, il penche la tête ainsi que font tous les chiens attentifs ou surpris, les yeux vifs, une oreille cassée, avec cet air de malice tendre qui fait se pâmer les belles âmes. Moi, par exemple. Quand le type enfin tend les mains pour se saisir de lui, le petit chien jaune lui mordille les doigts, des morsures douces, désespérées, qui font les

Japonais ouvrir pour rire des bouches pleines d'or
et de dents.

C'est ce matin-là que la décision est apparue en
moi de me remettre à un morceau de mon
histoire. Je veux dire, Polka, d'écrire un peu de la
tienne.

Du village vers la forêt

Ne crois surtout pas que ça aille tout seul, cette lettre, cette fausse lettre. On va choquer les humanistes. On va prêter le flanc — si tu me passes l'expression — aux plus rudes critiques : les sérieuses, les pincées. Au prix où est le pétrole, et l'Afrique qui manque d'eau, et nos enfants qui soulèvent tout le poids du monde, et le roman au service de l'idéologie de la classe dominante — de quoi ai-je l'air de t'écrire, à mi-voix, comme je te parle dans nos meilleurs moments ?

Car je te parle. C'est très important d'adresser la parole aux chiens, de leur raconter des histoires, de leur expliquer ce qui va se passer, qui va venir dîner, où l'on va aller se promener. Vous nous écoutez avec une intensité un peu terrifiante. Cette espèce de musique, j'imagine, où parfois un son vous est familier, qui évoque la gourmandise ou la forêt, les jeux ou la paix de la nuit. Vous manifestez votre bonne volonté, soudain, à moins que ce ne soit votre impuissance, par un brusque accès de tendresse. Les pattes, la langue, le frais museau. Alors pourquoi pas cette autre forme de la parole ?

Ce goût que j'ai acquis, de demeurer seul avec toi, de ne plus lire que les genoux par toi occupés, ou de m'allonger et d'attendre que — confiante en mon immobilité — tu te coules le long de moi, ce goût s'est développé en même temps que celui de me taire et de m'éloigner. Au fur et à mesure que je m'enfonce dans un silence plus obstiné, que le repliement s'accentue, me fait perdre de vue des personnes, des plaisirs, des ambitions qui, hier encore, me retenaient, la peur me vient, pourquoi ne pas l'avouer ? d'une sorte de mort sociale qui anticiperait l'autre. Ta présence, dans les moments surtout où je m'épuise à vivre seul sous prétexte de « travail », m'est la garantie de garder contact avec du vivant, du capricieux.

Je comprends de mieux en mieux les esseulés et les vieillards, la paralysie qui les gagne, leurs refus. Avoir vérifié que l'exil est une des formes simples de la vie, c'est aussi dangereux que de croire aux sociétés, aux compagnies. On se grise plus vite de silence que de bruit. Tu es désormais la sentinelle de mon silence. Et, te parlant, c'est aussi du silence que je parle, qui n'est pas un sujet frivole.

Un chien peut être fou, abruti, pathétique, encombrant — il n'est jamais *sérieux*. Il n'est jamais *important*. J'en ai ma claque des humains empesés de gravité, des opinions, des consciences, des collisions d'idées, du goût du pouvoir, de la

nécessité de paraître. Je n'ai plus envie que
d'écrire quelques livres et de donner à manger aux
canards. (Le lecteur averti salue ici, au passage,
une citation.) Depuis des années je suis habité par
le plaisir de refuser, de me détourner. Quand des
hommes d'affaires américains ont commencé — si
j'en crois les journaux — à laisser tout tomber
pour retourner, le front ceint d'un bandeau
indien, vivre dans l'innocence économique, écolo-
gique et sexuelle, mon sang n'a fait qu'un tour :
ainsi certains sages avaient compris que le vrai
chemin va « du village vers la forêt » ?... Bien
entendu tout cela n'était que malentendu et
l'Amérique a vite changé de tarte à la crème. Il
m'est resté, de cette illusion exquise un moment
caressée, la certitude que mieux vaut lâcher que
courir. Mes mains sont si occupées à te gratter le
dessous des oreilles qu'elles ne peuvent plus rien
« tenir », et c'est bien ainsi. Toi qui aimes tant
déchiqueter, gratter, démantibuler, tu as réduit en
miettes quelques proverbes louis-philippards.

Tout un cortège

Avant ton arrivée dans ma vie, tu étais déjà attendue et annoncée par tout un cortège de tes copains et cousins. Il y avait longtemps qu'au détour des rues c'étaient des animaux qui me faisaient battre le cœur, leur solitude ou leur souffrance plus souvent que leur joie, mais toujours leur beauté, pitoyable, obstinée. Chevaux barbes sans âge que des galopins bourraient de coups de talon en leur martyrisant la bouche, au lendemain de la guerre, au manège du Panthéon. Rosses de fiacre des îles grecques, qui galopent dans les pentes pavées et tournicotantes entre les murs blancs. Ou ceux qui patientaient, à Spétsai, près d'une chapelle, dans l'odeur de crottin et le bruit des mouches, à l'ombre piteuse d'un eucalyptus. Chats du bureau de Verrières dont Malraux commentait les dédains avec une ironie cérémonieuse. Ane aux cils longs, dans une prairie normande, qui ne savais pas que les vacances étaient finies, et devenue grande la petite fille

pour qui on t'avait acheté, grande et retournée à
la ville, de sorte que tu ne comprenais plus
pourquoi tu étais au monde. Chiens à la chaîne
chez des paysans. Chiens à la laisse que des
pépères rudoient, dans les banlieues, afin qu'un
vivant paie leurs humiliations de quarante années.
Moutons un peu sots que des dames bien, pour
qu'ils tondent l'herbe, élèvent devant des châ-
teaux et qu'elles destinent à la boucherie. Et ce
percheron — c'était mon enfance — qui avait
glissé sur le pavé verglacé et s'était écroulé,
cassant les brancards. Il haletait. On comprenait
qu'il ne se relèverait plus. Il était couché dans le
fracas gris des camions, son œil fou au ciel ou sur
les badauds en cercle, et le cocher essayait à
grand-peine de glisser une bâche entre son flanc et
le sol froid. Hérissons en bouillie, l'été, sur les
routes des Causses. Le chien du Caire que son
maître, un gamin livreur de pâtisseries au miel,
avait abandonné pour sauter dans un tramway
bondé. Alors le chien, entre les piétons, les
voitures, les cyclistes, suivait le tram d'un long
galop efflanqué. Le gosse avait retiré de dessus sa
tête le plateau de fer où les gâteaux baignaient
dans un jus sirupeux, et il se penchait — les
« trigonas » dégoulinaient ainsi sur ses voisins —
pour suivre de ses yeux de sultan, sans sourire, le
chien jaune épuisé dans le chaud du jour. Ou ces
autres chiens jaunes, combien étaient-ils, trois ?
quatre ? apparus soudain dans le désert de Monu-
ment Valley, surgis du néant — ou plus vraisem-

blablement d'un campement d'Indiens Navajos
accroché derrière un repli de rocaille et de sable
— et qui avaient entouré la voiture, la cage ronde
de leurs os durement dessinée, habitués sans
doute aux coups et aux pierres, rampants, gémis-
seurs. Ils n'en étaient pas revenus quand nous leur
avions distribué des biscuits extraits de la boîte à
gants. Ils s'étaient alors assis sur leur derrière,
gueule entrouverte, les yeux gais et quêteurs,
comme les plus civilisés des cabots d'Europe
experts depuis le plus jeune âge en friandises et
patience.

Je m'en aperçois en les évoquant, mes souvenirs
d'animaux sont presque toujours associés à des
sensations de souffrance, ou aux décors du monde
qui m'est hostile : chaleur, sable rouge, poussière,
parfums de crasse et de crottin, peine sans
remède, regards chavirés.

Toi, Polka, au contraire, tu appartiens par race
et style au monde automnal et roux des chiens
convenables, soyeux, forestiers. Le soir, au retour
de la promenade, tu sens le bois qui brûle et
l'humus. Je te préserve des Afriques et des
misères. De sable, tu ne connais que celui des
plages atlantiques, ourlé du grattement des
vagues. Et probablement me trompé-je, bien
entendu. Tu préférerais peut-être, à mon Occident de jeux et d'hygiène, les courses nocturnes,
les rues sales, les coups de dent des chiens voyous,
les lambeaux de viande volée, l'odeur forte et
furtive de la liberté. Un jour, comme je lui vantais

les avantages dont j'espérais le combler — n'avais-
je pas, moi, expérience de la pauvreté, de l'inconfort, des voitures déglinguées, des routes et des
chambres de hasard? — un de mes fils me
répondit qu'il avait justement envie d'inconfort et
de déglingué, de hasard, de jeunesse, et qu'il
n'entendait point se laisser imposer par moi l'éco-
nomie des détours que la vie m'avait forcé à
emprunter. Sans doute avait-il raison. On devient
frileux en vieillissant. Je voudrais entortiller des
foulards autour du cou de tous ceux que j'aime.
Mais toi, Polka, tu ne sais pas me répondre et tes
six kilos ne pèsent guère face à ce gros homme
tendre qui t'accable de sollicitude.

Ta gaieté

Pardon si je me répète : seuls les chiens, surpris de loin dans leur innocence, me font rire. Librement. Spontanément. (Je ne suis pas sectaire. Il arrive qu'à Venise, ou dans les dernières loges de concierges parisiennes, des chats me mettent en gaieté, surtout s'ils sont étiques et se disputent avec inspiration une tête de merlan. C'est dire que les chats vénitiens m'amusent mieux que les français. Je ne nie pas non plus avoir été, parfois, charmé par des jeux d'enfants dans un square, surtout s'ils miment, sans le savoir bien sûr, la comédie sociale des adultes. Mais on sent à cette seule notation qu'il ne s'agit pas là d'un rire parfaitement pur. Celui que j'offre aux scélérats du coin des rues, aux gambadeurs de plage, l'est au contraire souverainement.)

Une pente de ma nature m'inclinant au pathétique, j'ai tendance à t'associer à des méditations excessivement grises. Il ne faut pas t'en offusquer. Si la peur de te voir souffrir et de te savoir vieillir

obscurcit mes divagations, il suffit d'en revenir à
ces éclats de rire solitaires et irraisonnés qui
associent, en moi, ton existence à la joie.

Très souvent, quand je me tourne par hasard
vers toi — tu es couchée sur le lit et je suis assis à
ma table, par exemple ; ou tu guettes par la
fenêtre, la tête un peu penchée, le vol géométrique des oiseaux dans le carré de ciel —, ta grâce et
ta drôlerie font soudain ruisseler sur moi la bonne
humeur. Quand nous rentrons, vers une heure du
matin, d'un dîner trop engoncé pour qu'on ait osé
t'y emmener, tu nous attends en haut des marches
du premier étage. La dignité de tes huit ans ne
s'accommode plus des galopades effrénées qui,
naguère, te menaient jusqu'à la porte du garage.
Au Lossan, où les marches étaient à la fois vastes,
basses et polies par l'âge, tu les descendais avec
une telle désinvolture que tu finissais par une sorte
de vol, de saut de l'ange qu'amortissait un tapis
lui-même volontiers voyageur sur le glissant des
dalles. Ces dérapages d'enthousiasme faisaient de
chacun de nos retours un épisode rieur. Désormais tu nous attends, je ne dirai pas immobile,
plutôt *sur place,* ton corps contenant et exprimant
la même mobilité que naguère, mais réduite à une
frénésie de tremblements d'impatience, au battement déchaîné de ta queue, le tout enveloppé des
gémissements de la passion incrédule. Tu passes la
tête entre deux barreaux de la rampe et, dans ton
mouvement de haut en bas pour nous accueillir,
des poils se dressent derrière tes oreilles, sur ton

occiput, te donnant inexplicablement, avec cette
auréole de gentillesse, l'air d'un Mickey de dessin
animé. Nous sommes donc, grâce à toi, des gens
qui s'amusent chaque soir en rentrant chez eux :
on ne pourrait pas en dire autant de tous les
bourgeois de France.

Dans d'innombrables circonstances — depuis ce
premier jour au Lossan où, terrorisée par la
nouveauté, la vastité des lieux et le va-et-vient des
déménageurs tu t'étais réfugiée dans une de mes
chaussures, abri où nous mîmes deux heures à te
retrouver —, dans d'innombrables occasions,
donc, tu te révèles douée pour l'allégresse. Il y eut
ce jour de grand vent, à Caux, lors de ton premier
automne, où décidée à attraper les feuilles mortes
que chassait la tempête, tu te retrouvas, rousse
dans le roux de la saison, tes oreilles gonflées
comme des voiles, soulevée et emportée par la
bourrasque parallèlement au sol, nous donnant
pendant deux ou trois secondes le spectacle admirable d'un teckel volant. Il y eut ta première
découverte des plages normandes, par un juillet
étouffant, à Bénerville, où nous composions fort
classiquement une petite pochade de Boudin : en
quelques minutes de grattements frénétiques et en
apparence incohérents tu creusas dans le sable un
trou, à ta taille et à ta forme, au fond duquel tu
trouvas la fraîcheur nécessaire à ton confort. Il y
eut le jour où avec mes fils nous te hissâmes au
sommet de la Dent de Jaman, célèbre éminence
helvétique d'où tu redescendis avec une aisance

qui nous fit frémir et une jubilation qui nous
récompensa. Il y eut tes jeux avec Aspro, le poilu
couleur de suie des Prassinos ; avec Vendetta, le
bichon de Géraldine ; avec Ramsès, le barzoï des
Letellier. Il y eut ton amitié circonspecte mais
sourcilleuse pour Zig et Puce, les tortues du
jardin...

Toi si grincheuse à l'endroit du monde extérieur, si méfiante envers tout ce qui n'est pas nous,
je m'aperçois pourtant que tes années sont tissées
de ces parties joueuses qu'il serait injuste de
passer sous silence. Chaque matin, à mon réveil,
tu me rappelles — leçon sans prix — que la gravité
est une grimace repoussante et que seules comp-
tent les fêtes de la vie. Puissé-je m'en souvenir au
jour de la grande peine de ton départ — si je suis
là pour la souffrir.

Explication

Parler à son chien, écrire pour son chien :
exacte représentation du labeur littéraire. Ses
deux caractères les plus spectaculaires sont respectés : il s'agit d'un comportement de solitaire,
passablement insensé ; et c'est s'adresser à qui ne
vous répondra pas. Aucun double symbole ne me
satisferait davantage. Tout y est, et saisi dans
l'essentiel. Nulle activité créatrice qui ne soit —
ou paraisse — quelque peu « dérangée » et dérangeante. Nulle qui n'ait appris à se contenter de son
appel sans réponse, de ce don à sens unique et
promis aux malentendus. Quant au public, s'il lui
arrive de nous lécher, c'est avec autant d'embar-
rassante et opiniâtre gentillesse que tu en mets,
Polka, à m'aimer. M'adresser à toi ne me décon-
certe pas : la sensation est la même qu'au long de
chaque heure passée devant une table et du papier
depuis plus de vingt ans.

Regardons-y de plus près. Ce n'est pas à
« t'écrire », à « te parler » que je joue, du moins

au sens premier des expressions. Je te parle,
comme on dirait je *te* dessine. Je *te* chante comme
on chante une victoire, une allégresse. Je te mets
en paroles et en mots. Peintre, je passerais mes
moments d'oisiveté à faire de toi des croquis, à
fixer en traits de plus en plus justes et légers tes
étirements, tes mises en rond, tes aplatissements,
tes élongations ventre en l'air, tes postures dressées d'écureuil, tes langueurs, tes prudences de
princesse rétive. A défaut de dessin, j'use de
mots. Je te guette. Je te formule. Je te serre au
plus près, je te répète, je te précise peu à peu
jusqu'à espérer que mon texte te ressemblera, de
la ressemblance approximative, inventée mais
frémissante, que la tendresse donne aux poèmes.

Anthropomorphisme

Tu m'as appris à résister à la tentation la plus
sotte : l'anthropomorphisme. Il m'est arrivé, surtout lorsque tu n'étais qu'un chiot, de te prendre
pour un mâle, jamais pour une caricature
humaine. J'avais tendance, mes expressions affectueuses décernant volontiers le sexe masculin, à
t'appeler « mon bonhomme », « mon garçon »,
mais jamais je ne t'ai joué le mauvais tour de
revendiquer au profit de mon espèce des qualités,
des défauts, un charme qui appartiennent à la
tienne. Le bouleversant, chez un animal très
proche de nous par son mode de vie, sa familiarité, c'est justement le contraste entre cette proximité et des comportements irrémédiablement différents. Qualités et défauts. Des qualités, les plus
poignantes — ce n'est pas une sensiblerie de
vocabulaire, c'est bien le mot que je cherchais —
sont la surabondance d'affection et l'innocence.
Bien sûr, tu nous es attachée par des sujétions
triviales : nourriture, confort. Par la gratitude

viscérale d'un animal tôt sevré, de qui nous avons été collectivement la mère. Par le goût de la dépendance, de la réunion familiale, de la maison, qu'expriment si puissamment les chiens. Tout cela étant connu, analysé, reste que la notion de désintéressement est juste. Je la sens dans la disproportion entre ce qui est dû (quoique ce verbe...) et ce qui est offert. Tu disposes à notre endroit d'une dose de tendresse que jamais nous n'épuiserons. Te bouscule-t-on sans le vouloir, te marche-t-on par inadvertance sur une patte, ton seul réflexe, outre un petit cri suraigu, est de te jeter avec emportement à nous faire fête. Pourquoi ? Sans doute ne te vient-il pas à la tête que nous puissions te vouloir du mal. Le mal ne saurait venir de nous. Alors, punition ? Mais de quelle faute ?... Cette douleur est-elle assimilée au souvenir des réprimandes que tu as subies ? Je ne veux pas enjoliver, imaginer. Je le confesse : je n'y comprends rien et ne vois là que le déferlement d'un perpétuel trop-plein de cœur. De toi, je l'accepte. Alors que d'une petite humaine...

Quant à l'innocence, elle éclate dans les manifestations un peu vulgaires de ton instinct : appétit insatiable, scènes de grattage ou de nettoyage peu esthétiques, pesanteur des journées consacrées au sommeil, joie du meurtre et de la chasse quand tu apportes une souris encore chaude ou un lézard à demi estropié et les déposes sous le billard, non loin de moi, puis t'assieds, façon Lion, l'oeil qui brille. Ces cycles extraordinairement simples :

sommeil, faim, course, caresses, museau flaireur
le long des murs, cette vitalité réduite à quelques
actions fondamentales toujours répétées : aucun
autre comportement vivant ne m'a donné à ce
point le sentiment du naturel.

La main à plume

Ne nous payons pas d'illusions : ceci est une manière de roman. La première personne de l'indicatif présent est la plus simple façon d'user des verbes. (Mode, temps, personne, tout est gris : c'est presque n'en pas user du tout. Le degré zéro du verbe, ainsi qu'élégamment l'on formule.) Et mon chien est un interlocuteur parfait pour cet écrivain que je suis devenu, coincé entre le « je » et le « tu », l'aveu et l'amitié. Moi et Polka nous sommes mes meilleurs personnages, ceux que je tiens le mieux en respect, qui ne me filent pas entre les doigts — encore que, nous en sommes bien d'accord, le romancier qui prétend laisser ses héros flâner à leur guise nous agace singulièrement, et s'ils lui « échappent », (grand genre), démiurge modeste il geint, s'indigne — ce romancier-là nous lui laissons à raconter les chaleurs de sentiment d'un ténor du Palais et les caprices de la baronne. Autre chose nous passionne, qui n'est pas de ce beau monde-là. Et

3

surtout une autre façon de faire, de dire, la musique en somme. A quoi servirait de gratter si ce n'était pour astiquer un peu sa honte, en extraire le suc, donner forme à ces cinq ou six secrets — encore eux ! — dont se nourrit la force incroyable que nous dépensons à simplement *continuer.*

Continuer quoi ? Nous allons y venir, mais lentement. Il y a des détours à oser. C'est le détour qui crée la route, tout comme les phrases, la pensée. C'est pourquoi ce n'est jamais assez souple, ductile, assez désossé, assez libre, assez brisé. Quoi, « ce » ? Eh bien le cheminement minuscule des mots, cette patience abominable d'avant le texte, devant le texte, tout ce matériau amorphe qui parfois s'anime, ces bêtes de trait rétives, le turbin d'écrire, ce harassement ignoble au service d'une cause noble (en principe), cet artisanat aux misères duquel nous retombons de loin en loin avec une mystérieuse allégresse.

Si l'on inscrit le mot « roman » sur une couverture, c'est que roman signifie anarchie. Exactement ça : la liberté de tout faire, de tout casser, activités qui sont même expressément recommandées par les maîtres. La seule condition qu'ils y mettent — du moins, sourd qui veut, n'ai-je entendu que celle-là — est qu'un peu de vraie vie circule entre les traces de nos saccages. Et par « vraie vie » il faut entendre des doses convenables de colère, de joie, de tendresse, de sarcasme : juste de quoi ne pas périr d'ennui.

Rien de cette lettre n'est facile. Les phrases sortent de moi à regret, tordues, riches en ruses, en fuites. J'ai pourtant juré d'aller de l'avant, de donner à sentir, au jour le jour, l'ingratitude (comme on le dit d'une terre) et l'âpreté de l'entreprise. Je n'espère pas faire le portrait du romancier. Trop et trop peu : le propos ne m'exalte guère. Mais peut-être pourrai-je raconter son roman ? Ce roman que je suis, que je vis, cette prise hasardeuse sur la réalité que jour après jour je tente d'assurer, et sans la crispation de laquelle écrire serait vain.

Au reste n'en faisons pas une montagne. Rien ne ressemble plus à n'importe qui que quelqu'un. Et si quelqu'un écrit, n'importe qui le lit, n'importe qui peuple le roman. Il n'y a de roman que de l'homme quelconque, de l'imbécile, de la dupe. Ce qui m'intéresse, c'est de dire en quoi l'Imbécile vaut le Personnage, est le premier, le plus vrai des personnages, plein à crever de choses simples et terribles.

Me voici dans la quarante-septième année de mon âge et si je me regarde au miroir je ne vois rien que d'ordinaire. Il faut en finir avec la chimère des écrivains vedettes, des écrivains hors la loi. Elle est aussi vaine que le mépris dans lequel les gens de bien tiennent l'activité d'écrire. Aux faces de fesse qu'il nous arrive de voir, dressées devant nous, pâles, plates — une conférence par exemple, ou une « signature », ou un « débat » —, je crie parfois qu'écrire n'est pas un

métier honorable. Ce n'est pas que je le pense,
mais comment résister au besoin de jeter aux gens
l'os qu'ils veulent ronger ? Regardez les specta-
teurs sortir d'un théâtre, les vrais, pas ceux des
générales ni des galas mais ceux des soirs à se
payer des folies — le vendredi et le samedi parce
qu'on fait dodo le lendemain. Il faut les voir
hocher la tête, et ce sourire blanc, cette lèvre
condescendante, ces « ouais ouais », ces
« alors ? » pendant que Madame enfile son putois
des dimanches. Ils viennent d'assister à quelque
chose d'un peu « spécial » — c'est le mot que leur
souffle leur incommensurable misère de vocabulaire. Entendez : obscène, joué par des gens
« spéciaux » eux aussi, des extravagants, des
rigolos. Toute l'activité dont une pièce est le fruit
— les talents rassemblés, les angoisses — relève,
comme les livres, la peinture, etc., d'une vaste
blague un peu choquante, dérangeante, que ce
serait faire injure aux gens sérieux d'assimiler à
leurs friqueries et agitations. Cela vous paraît
gros ? C'est écrit dans le langage le plus clair.

Je fais donc une incursion en enfer pour
appuyer mon assertion : à savoir que la création
n'est pas une façon princière et relevée de passer
sa vie. Tous les épicemards vous le diront. Où
mon raisonnement se complique, c'est pour glisser
de là jusqu'à l'affirmation ci-dessus risquée, que
l'écrivain — je resserre le champ — est un humain
des plus ordinaires. Je n'y puis rien, il faut
naviguer au plus près entre deux gouffres

d'inexactitude. Pas d'aristocratisme littéraire, pas
davantage de complaisance aux petits pets de rire
des théâtreux dominicaux. Faites-vous une raison : écrire est un travail. Et si je m'efforce ici et
là de décrire le cadre, le rythme, le style de ce
travail, d'indiquer la nuance des peurs qu'il sus-
cite, la qualité des égarements où il m'entraîne,
n'en déduisez pas qu'il y a rupture et fossé entre
n'importe quel autre métier et le mien. Par métier
j'entends, bien sûr, quelque labeur solide et
grave, où un homme trouve raison de s'accepter.
   Ne croyez pas qu'on entre dans un livre comme
à Prisunic. Si vous saviez le temps passé sur le
trottoir, autour du pâté de maisons, et les fausses
entrées, les remords, les absolus désespoirs. Ce
livre-ci par exemple, exactement celui-ci, que
vous lisez, à la page 37 duquel vous êtes parvenu
(et peut-être trouvez-vous la soupe un peu fluide,
ou grasse, ou amère, ou bien vous demandez-vous
quand on entrera « dans le sujet » alors qu'on y
est jusqu'au cou), ce livre-ci ne m'est apparu,
boiteux, réticent, qu'après des mois d'errements.
Il devait successivement s'intituler *Polka*, *Les
Distances*, *A défaut de génie*, *L'Or de la Loire* et
L'Imbécile. Il a été, selon les semaines, fiction-
neux ou chroniqueux, bref ou massif, pâteux ou
délié. Le voilà devenu épistolaire. Je l'ai voulu
tour à tour désinvolte, austère, acide, bouleversant. Je l'ai mis en chantier six fois. J'ai déchiré
jusqu'à des vingt-cinq pages d'une envolée
superbe. J'ai longtemps exposé telle étape du

projet à mon éditeur, dissimulé telle autre, rôdé à
demi-mot autour de la troisième. Et tout compte
fait, au point où j'en suis, cette lettre à Polka ne
ressemble à rien de prévu. Fort de la certitude que
l'on n'écrit jamais qu'un seul livre, constamment
repris, nuancé, enrichi ou appauvri selon les
années, que l'on n'introduit jamais dans un texte
que les quelques obsessions dont on est à un
certain moment habité, je ne devrais pas m'inquiéter. Ce qui doit être écrit le sera. Or la bataille
reste incertaine, confuse, extraordinairement
méchante et ombreuse jusqu'à la dernière ligne de
la dernière page. N'allez donc pas imaginer que
l'humeur soit légère ni la démarche coulée.

Y a-t-il indiscrétion à évoquer ces cachotteries
de cuisine et de solitude ? J'ai longtemps pensé,
contre certaine technique nouvelle qui faisait la
part trop belle à la fabrication, qu'il convenait de
cacher l'échafaudage. La fin de toute architecture
est un bâtiment... On ne laisse pas de palissades
dressées devant sa façade... Et ainsi de suite.
C'était confondre création et chantier. Il me
semble aujourd'hui qu'il y a de la probité à guider
le lecteur jusqu'aux bricolages de l'invention. Nul
ne s'offusque d'apprendre comment se coupent et
cousent les robes, se conçoivent et s'essaient les
voitures. Mais la couture, les voitures, on en parle
en chiffres, on vante une tradition, on apprécie ou
non quelque chose d'ineffable et de magique :
l'élégance, le plaisir, la vitesse. Il est naïf d'espérer expliquer le style, ou son absence, à l'aide des

mêmes notions. A tout le moins peut-on donner
aux lecteurs le sens de cet arrière-monde du texte,
l'intuition qu'il existe — quelque part entre rien et
le livre qu'il lit, entre ce livre et l'inconnu qui en a
fait des mois durant son épreuve, sa bataille
essentielle — un certain nombre d'étapes, de jeux
de miroir et d'ombres, de risques courus, de
déraisons, et que les ignorer serait légitime mais
un peu appauvrissant. Il existe un sous-le-livre,
une géologie parfois aberrante qui soulève et
plisse la croûte rugueuse d'une histoire. Je voudrais le rappeler. Donner à ceux qui s'aventurent,
me lisant, si près de mes mystères, à défaut de leur
clé la certitude qu'ils existent, ces mystères, qu'ils
cheminent, palpitent, — mieux : qu'ils ressemblent à n'importe lequel des étranglements dont
suffoque chacun de nous.

Si j'insiste sur l'ordinaire des vies « littéraires »,
c'est moins pour les rabaisser que pour exalter
toutes les autres. Je prétends que toute sensibilité
subit et consomme, consume, à peu près les
mêmes passions, surtout les mêmes angoisses.
L'écrivain n'a sur les autres mortels que la discuta-
ble supériorité du pouvoir d'expression. Ce pouvoir, absurdement, l'isole. (Je disais l'air de satis-
faite méfiance du spectateur à qui on ne la fait
pas. Il a peur, le spectateur, de cette vélocité des
idées et des mots, de l'impudeur de ces histrions
qui osent dire la vie comme le légiste est supposé
« dire le droit ». Dire la vie, c'est ouvrir aux
scandales, aux humiliations, aux innocences, aux

peurs fondamentales, le chemin damné de l'expression. Mieux vaut en rire doucement, le dimanche, en retrouvant après le théâtre l'air frisquet du soir et l'inaltérable réalité du trottoir. Mais on en reste un peu troublé tout de même... Ainsi du lecteur.)

Dès lors qu'on ouvrirait à ce lecteur accès, sinon au tréfonds, du moins aux rivages de l'eau souterraine où grouillent les mots, si on lui révélait quelques trucs de navigation, de plongée ou de pêche, surtout si l'on tentait de lui donner mesure de la prodigieuse réclusion que suppose l'acte d'écrire, cette « opération survie » qui vaut bien les autres, et menée dans un gouffre dangereusement accessible, sans doute ne considérerait-il plus jamais le livre et son auteur — ferveur ou sarcasme — comme des phénomènes étrangers.

Investissement

Je mentirais, à prétendre accepter de gaieté de cœur les servitudes par quoi tu manifestes ton appartenance à l'espèce canine. Séances de grattage frénétique, toilette intime, flaire-pissou des promenades, obsession boustifailleuse (mais là-dessus je m'expliquerai...). Il nous arrive, à Geneviève et à moi, de nous étonner et indigner en même temps : quoi, tu n'es donc qu'une chienne ! Nous t'accuserions facilement de régression ou de trahison. Quelle que soit notre attention à ne pas glisser à l'anthropomorphisme que je dénonce un peu plus haut, une stupidité en nous continue de croire que les attitudes humaines, la vie dans la familiarité des humains devraient, à la longue, user le caractère animal, ou l'altérer au point que seraient épargnés à nos illusions ces brusques réveils. Notre hygiène, nos démangeaisons, nos accouplements, nos salles de bains, nos étapes gastronomiques, notre boire sans soif, nos obésités, nos hâtes : toutes activités et sujétions d'une essence évidemment exquise, supérieure. Polka se laissant explorer le derrière par un cabot de rencontre ou tirant désespérément sur sa laisse, au restaurant, pour aller grignoter une gratture de viande tombée sous une banquette : ce sont de douloureux rappels à l'ordre. Nous nous sentons vaguement honteux. Nous tombons dans la bêtise qui, chez les autres, chez nos juges, nos amis sarcastiques, nous exaspère. Avons-nous eu raison — il m'arrive de me le demander — d'investir tant de tendresse *dans une chienne ?* Nous redoutons de mal gérer un capital sentimental trop modeste pour qu'on lui fasse courir pareil risque. Nous craignons d'être pris en flagrant délit de cette déraison, justement, qui dans les moments de lucidité nous semble être notre seule réponse sensée à l'ordre aberrant des choses, à la fausse échelle des valeurs. Mais cette évidence nous ne la réoccupons, fortifions, apaisons qu'au prix d'une constante remise au point.

« M. de Beaumarchais
m'appartient »

Dans ma famille, on n'était pas généreux. On donnait le moins possible. A Dieu, le dimanche : une pièce de cinq sous pour le vicaire quêteur, mais seulement deux sous à la jeune fille qui passait derrière lui. Ces deux pièces de nickel sale, trouées, j'en sens encore la minceur sous mes doigts. Pareil pour le sentiment. On n'émiettait pas son cœur au hasard. Les animaux, par exemple : encore moins bien servis que Dieu, rien pour eux. Dans une maison où l'on confectionne un « pain perdu » le samedi soir, il ne reste même pas de croûtons pour la pâtée de Médor. Donc, pas de Médor.

Si je remonte au déluge, c'est pour te faire comprendre dans quel désert s'est épanouie ma tendresse pour toi. Aimer ne m'est pas naturel. Je le dis sans forfanterie : ce n'est pas si gai.

Vers mes vingt ans on m'offrit des chiens. Une samoyède folle (« Elles le sont toutes », ricana

tante Blanche) que je finis par confier à une
femme de ménage compatissante. Puis un croisé
de bâtards, assez charmeur, à titre de consolation.
Il habitait mon lit, se roulait dans l'huile de
vidange, etc. Il périt écrasé par un autocar. Je
distinguai ce jour-là, en moi, les prémices d'une
révolution : les yeux qui se mouillent quand on
vous raconte le dernier voyage de Bouboule,
queue allègre, en diagonale de la route
Sallanches-Megève, et comment les freins du car
avaient grincé... Allais-je devenir semblable à ces
horreurs de dames suceuses de clebs qui levaient
le cœur de mes vigoureux vingt ans ? Je mis bon
ordre à ce danger en prenant la résolution de
renoncer à tes compatriotes.

Ils me réinvestirent par d'autres voies.

Cette constatation, d'abord, de plus en plus
insistante : je ne supportais plus les gens qui ne
respectaient pas en eux, si j'ose dire, le môme ou
le chien. L'innocence, quoi ! le jeu, l'esprit d'enfance et de jeu, sa gratuité, ces yeux qui de bas en
haut implorent quelque chose d'urgent, d'inexpri-
mable et de gai. Avec les femmes, impossible
d'aimer celles qui ne fêtaient pas spontanément
les animaux ou — c'était la même chose — dont
l'enfance n'affleurait pas à la surface d'elles. Dans
le même temps je me surprenais de plus en plus
souvent, chez des amis, au café, perdu pour la
conversation, tout occupé à caresser des chiens.
Seulement des chiens. (Je suis resté un cynique
pinceur de matous.)

Enfin, il y aura bientôt neuf années, dans les circonstances qui seront relatées ci-dessous, je devins ton propriétaire. J'insiste sur « propriétaire », un petit effort financier étant, selon moi, indispensable pour purger l'acquisition d'un chien de toute rétention sentimentale malsaine : cadeau accepté, prétendu service rendu, etc. On doit commencer par payer l'amour que l'on va prodiguer à un chien, tout comme on doit payer au psychanalyste le dévoilement des mystères.

T'aimer — peut-être devrais-je dire « aimer un teckel », afin de fuir les généralisations et parce que les teckels sont, du point de vue qui m'occupe, celui de la tendresse, des champions —, t'aimer n'est pas une légère aventure. Qu'il s'agisse de donner ou de recevoir, ton affection en tornade, ton génie de la séduction laissent loin en arrière la bonhomie épagneule, la patauderie braque, le brio caniche, l'utilité bergère, l'indifférence afghane ou les frissons gris des levrettes, pourtant si chic sur la soie d'un fauteuil du Village suisse. La France néo-bourgeoise s'est mise au teckel parce qu'elle a soif d'amitié. La France s'offre une oasis en la personne de ce basset alezan et seigneurial qui sommeillait déjà, dit-on, entre les pieds du pharaon Thoutmès III aux environs de Thèbes. T'aimer donc, consiste d'abord, pour un homme, à surmonter plusieurs gênes.

J'ai honte de risquer diverses assimilations désobligeantes : à la mémé couverte de loulous, à la nana des salons de coiffure, au décorateur

épatant. (Remarque linguistique : les ridicules qui
menacent l'amour des chiens s'expriment volontiers en onomatopées ou sarcasmes de deux sylla-
bes redoublées : toutou, chienchien, loulou,
mémé, ouahouah, nonosse, susucre, etc. Il faut
apprendre à résister à cette agression du vocabulaire, voire à la dominer par l'utilisation. Un patron
sûr de son fait — tu en sais quelque chose —
n'hésitera pas à parler à son chien de lailaisse ou
de vianviande. Ces vertiges de niaiserie font partie
du plaisir escompté. Ils facilitent aussi, je le crois,
la compréhension de notre langage par les chiens.)

Il m'arrive de rêver, comme à un incroyable
paradis perdu, à l'époque d'*avant toi*. Quand je
montais me coucher sans l'ultime promenade au
jardin ou autour du pâté de maisons. Quand je
m'éveillais dans l'euphorie d'un lent café, dépo-
sais à moins d'un mètre vingt d'altitude mes
cigarettes, cravates, dossiers, etc., sans rien dire
des petits gâteaux. Quand mes gants n'étaient pas
mordillés, mes chandails, effilochés, mes robes de
chambre, débitées en débris de laine. Cependant,
soyons juste, tu ne te livres plus à ces excès depuis
plusieurs années : ce sont là souvenirs de ta prime
jeunesse ou, le cas échéant, vengeance d'abandonnée, expression de la panique insondable où te
jettent nos absences. Ces périodes où je suis loin
de la maison, pour des voyages où il est quasi
impossible de t'emmener — dans les pays de
« quarantaine », et chaque hiver au moment du
ski puisque tu détestes les godasses géantes, les

bâtons, les skis eux-mêmes, la boue, les flaques
d'eau glacée, toute cette fausse guerre brutale, cet
aspect militaire et médiéval des sports de neige —,
je t'imagine, couchée sur le divan de mon bureau,
l'œil vague, l'haleine triste, boudant tes repas, en
rond dans le vêtement imprégné de mon odeur
que je t'ai offert à mon départ et que de jour en
jour tu déchiquettes plus méticuleusement, plus
tristement. Tout cela, que tu obtins de moi en si
peu de semaines — et que tous tes pareils obtien-
nent de tous les miens —, agacements, sacrifices,
renoncements, à nos yeux aucun humain ne le
mérite tout à fait. Au reste, calcul absurde : ce
que nous donnons aux chiens, aucun humain ne le
sollicite. De sorte que les comparaisons en ce
domaine sont dépourvues de sens.

A titre de compensation, sans doute, à peine
avais-je consenti aux abandons ci-dessus évoqués,
je fus, comme dans l'ascèse, remboursé au centu-
ple et dans une haute monnaie. Comble de
l'inconfort matériel, tu es en effet le comble de
mon confort sentimental. Tu m'offres l'occasion
d'innombrables gestes que je n'osais même pas
imaginer de pouvoir accomplir. La caresse,
d'abord, meilleure encore donnée que reçue (mais
quand même pas déplaisante quand, au réveil ou
au retour, j'essuie tes rafales de gémissements,
coups de langue, escalades, bonds, pertes de
souffle. On a beau jouer les blasés, ça flatte). Le
plaisir, ensuite, pris à certaines attitudes d'abord
redoutées, comme de te porter en public, serrée

contre ma poitrine, pour traverser une rue, entrer
dans un restaurant, voyager par le chemin de fer.
Tu n'as rien à voir évidemment avec les grands
fauves que certains hommes aiment à exhiber,
tenus d'une chaîne courte et dressés « à la botte ».
Ces viriles fêtes canines appartiennent à une autre
contrée de la sensibilité, au folklore hobereau et
chasseur. Moi qui n'ai jamais tiré un lapin et
répugne à l'art du dressage, je ne m'intéresse, en
fait de chien, qu'à la dentelle de la vie, à ses
élégies. Je t'aime, toi, tout simplement.

Mais « simplement », tu le sais, est bien le
dernier mot que je devrais me permettre ici ! En
effet, tout le mystère est là : comment ai-je pu me
retrouver dans cette peau, ce rôle de t'aimer, de
connaître le goût de tes lécheries, de subtilement
te manipuler, de te faire jour et nuit la conversation chuchotée, de partager avec toi le tiède de
mon lit, mon souffle, mon gruyère, mon « tar-
tare », mes tartelettes, moi qui étais si peu doué
pour ces ruissellements du cœur ?

Et quelle est, dans cette affaire de cœur (comme
on dit), la place du corps ? Car le rôle de
l'émerveillement physique, dans mon émoi, est
considérable. Si toi et tes copains vous ne possé-
diez pas les plus beaux yeux du règne animal (sans
la folie qu'on voit au cheval, sans l'effroi presque
insoutenable des biches et des chevreuils), si vous
n'aviez pas le don des attitudes, si vous ne
réussissiez pas cent fois par jour le coup du
charme, nul doute que je t'aimerais autrement. Il

est parfois plus facile d'aimer un clébard hors
d'âge et d'aspect ingrat qu'un enfant sot et laid,
soit, mais quand même ! Alors que les huit ou dix
façons que tu pratiques d'émerger de ton sommeil
diurne et solitaire, de t'étirer à plat ventre le nez
noyé dans le tapis, de poser la tête au ras du sol
sans cesser, d'un œil alternativement sombre et
cerné de blanc, de suivre chacun de mes gestes, de
t'appuyer à moi la nuit comme un tout petit fleuve
à sa berge, de poser vers cinq heures du matin ton
cou à la verticale du mien de telle sorte que nous
entendons tous deux battre le sang de l'autre, de
sauter d'un fauteuil avec l'incroyable vélocité de
ton envie de jouer ou de ton appétit (qui est
immense), de te dresser sur tes postérieurs, façon
marmotte (un teckel ne fait jamais le beau, style
bobonne, il *s'élève*, simplement, dans l'absolu :
c'est le seul instant — équilibre épuisant et fugace
— où légitimement le teckel peut se prendre pour
un setter ou un épagneul) — en bref les dix façons
que tu as de me *posséder* sollicitent ma tendresse,
la nourrissent, la comblent mais ne peuvent suffire
à l'expliquer.

Coup de foudre ? Non : imprégnation, cristalli-
sation. Gloriole de me sentir aimé ? Non, car rien
n'est moins sûr que cet amour théâtral que tu me
manifestes, mais qu'il t'arrive de prodiguer sous
mes yeux à Pierre ou à Paul que tu vois pour la
première fois... Je me livre voluptueusement à ma
tendresse pour toi sans savoir, tout compte fait, si
tu m'aimes. Si la notion a même, pour toi, un

sens. (Comme la question est bête !) Entre humains, ce doute taraude. De toi à moi, il prend une saveur que je voudrais savoir évoquer.

Visitez l'écrivain au travail

Comment imaginez-vous que nous procédons ? On en connaît, et non les plus médiocres, qui grattent à heure fixe — mécaniques, horloges à mots, tous réflexes conditionnés. Après quoi ils retrouvent, façon de parler, le lait de la tendresse humaine sans que cette hygiénique et fermière boisson leur lève le cœur. Superbe équilibre ! On en connaît qui écrivent sur le coin d'une table de bistrot, dans les piaillements du comptoir et le silence palpitant des baisers. On en connaît qui brassent de grandes rafales de génie, mages tourmentés mais spectaculaires, à la mode du temps, énormes, hilares, publicitaires, dont le moins qu'on puisse dire est que le ridicule ne leur fait pas peur. Etc.

En commun, ces types d'écrivains ont une certaine dose de dissimulation. Ils mettent l'accent sur le décor, le costume, sans presque rien dire du texte. En d'autres termes : de ce qui se passe à l'intérieur d'eux. Que l'on promène sa peur au fond de l'appartement (la « pièce calme » réservée à papa qui est littérateur), au café ou devant la rampe d'une scène imaginaire, reste la peur. C'est elle qu'il faudrait raconter. Chacun ne peut parler que de soi, — encore faut-il le tenter sans comédie.

Adolescent, je me représentais le travail d'écriture comme si chic, si généreux en panache et singularité que seul il pouvait combler une sensibilité un peu chatouilleuse. Des doigts pour le stylo et les caresses, une retraite ornée de grands arbres, les encombrantes passions, bref un genre « voyageur traqué », cynique à la Costals, humaniste et seigneurial à la Byron ou même, comble de l'élégance, modeste et austère, à la Leiris par exemple. J'étais excusable. Il s'agissait d'échapper à une toute première qualité d'étouffement, solide, indéfectible. Mon enfance appartenait à un style de vie que l'on peut espérer fuir, non changer. J'ai toujours envié, si je puis dire, une jeunesse à la Guéhenno. (Je l'évoque à cause du « changer la vie » qu'il emprunta pour s'en faire un titre.) Il ne s'agissait que de s'élever, de conquérir le loisir vital, la culture, les diplômes — non de renier. Il y avait assez de dignité dans son milieu ouvrier pour qu'il n'eût jamais à le répudier. On perd une force absurde à devoir saccager son enfance avant de prendre le départ. Et même on y use d'une qualité assez rageuse et basse de volonté, dont plus tard toute une partie de la vie sera empestée. Ceux qui le nient, c'est qu'ils ne connaissent pas ce dont je parle.

Les seuls points sur lesquels mon intuition ne me trompait pas sont la hauteur d'âme et les privilèges de l'austérité. Je crois plus que jamais que l'écriture, sans transfuser la moindre goutte de sang bleu dans nos artères, est propre à satisfaire les ambitions un peu vertigineuses. Avec elle, dérape-t-on, on tombe vite et bas. Mais on vit d'elle honorablement si l'on tient ferme sur quelques règles. (Je dirai plus tard comme j'ai souvent failli glisser. Je sens encore le frisson du vide...) Quant à l'austérité — je nomme ainsi les dédains d'un certain retrait, la méfiance envers soi-même — elle devrait nous garder des tentations de la parade, qui sont lancinantes.

(J'ai l'air embarqué dans un développement trop particulier. Ces affaires de choix littéraire et de style de vie peuvent paraître un peu bien luxueuses. Je pense au contraire qu'elles ne font que donner forme exemplaire à des hésitations et à des choix absolument partagés. Par tous. De même le pouvoir d'expression formule-t-il une difficulté à vivre qu'éprouve n'importe qui, fût-il analphabète. Écrivains, nous ne présentons l'intérêt que d'offrir des mots à la tribu, de mettre en mots ses songes, ses cauchemars. J'aime l'expression écrivain public. C'est le métier que nous exerçons tous. Nous rédigeons les lettres d'amour, pétitions, sollicitations et gémissements de qui ne sait pas tourner la phrase. Il nous arrive même de payer les factures. De notre poche.)

Écrire (je ne veux pas dire aligner les phrases d'un article mais s'attaquer au gros morceau, au livre) consiste tout ensemble à refuser le harcèlement extérieur et à s'en nourrir. On fait tout pour se rendre aveugle et sourd, mais dans le même temps l'on sait que le mécanisme se gripperait si ne l'alimentait pas tout l'inutile et le désordonné du monde. Le reste du monde. Cela procède par osmose, perfusion, imprégnation : tous les mots conviennent, qui expriment une chimie mal consciente et très subtile.

En ce moment par exemple, dans l'instant où se dessinent sur mon papier les mots « papier », « instant », le soleil d'hiver brise un rectangle de lumière sur un lit d'auberge. Un marronnier bouge dans le vent en perdant ses dernières feuilles. Les mirages de Salon-de-Provence tracent dans le ciel bleu-blanc des géométries de grondements. Le chauffage est si généreux que la fenêtre est grande ouverte sur le jardin, le village, la garrigue, les Alpilles. Tableau idyllique ! Merveilleuse publicité en couleurs pour recommander le voyage : Visitez l'écrivain au travail, ses langueurs, ses fièvres. Or, dans un moment, cet équilibre va s'altérer. Tout ce qui est pour l'heure harmonie, efficacité, va tourner au désordre et au flottement. La désorganisation ira prodigieusement vite, et j'ignore jusqu'où. A l'euphorie qui me permet pour l'instant de formuler cet instant,

de planter le décor, succédera un à-quoi-bon sans
recours ni loi. Je ne saurai pas davantage à quoi, à
quel système de balancier obéiront mon assèche-
ment, mon découragement de ce soir, que je ne
sais quelle dynamique en ce moment me fournit la
grâce d'écrire. Mystère d'une bicyclette sur
laquelle on ne pédalerait pas et qui pourtant
conserverait sa stabilité, et même avancerait.
Mystère d'un avion dont la vitesse ne serait pas la
condition de son équilibre mais un don de cet
équilibre... Plus lourd que l'air doué pour quelques heures du privilège de voler, je tomberai
dans dix minutes ou dans deux heures, comme du
plomb. Alors se développera la vraie allégorie du
« travail littéraire », tout entière vouée aux figu-
res tutélaires du pessimisme, de l'égarement.

Il galège, celui qui parle de la joie d'écrire. Ou
bluffe. Ce qui à tout prendre est plus émouvant :
on préfère aux imbéciles les farauds. Au moins les
crâneurs préservent-ils certaine fierté. Le monstre
travail est un gros animal toujours au bord de
dormir ou crever ; son pourrissement, à peine le
laisse-t-on trépasser, est rapide et puant. Je ne
trouve pas de meilleure comparaison : fragilité,
somnolence, agonie, décomposition. Dès que le
monstre travail vacille et se couche, on est saisi
par une obsession de mort. D'où cette sensation
que le malsain, l'angoissé sont ses airs préférés,
qu'il respire avec une trouble béatitude.

La maison où l'on travaille — et bien entendu il
s'agit d'y être seul, de s'y acagnarder, fortifier,

dût-on étouffer très vite de cette solitude et
chercher par tous les moyens à la rompre —, cette
maison est aussitôt comme hantée. On la parcourt
à des heures et dans un état imprévisibles. On
veille, — ou bien l'on dort trop. On saute les
repas, — si l'on ne goinfre pas pour mieux et plus
vite s'assoupir. On rêve de stimulants, d'excita-
tion, de cafés idéalement noirs, d'alcools généreux
en talent. Puis, sans transition, quelque souffle
aérien, fugace, dissipe ce coton et ranime les feux.
Soudain l'on galope. Les idées et les mots s'en-
chaînent avec une aisance parfois si éclatante, si
trompeuse qu'on se retrouvera plus tard déconfit
devant un texte en dentelle, effrangé, informe. Au
moins traverse-t-on pour un moment une manière
d'ivresse — exaltation, vivacité — dont on com-
prend qu'elle puisse accréditer la légende (voir
plus haut) de la joie d'écrire.

Le bouquet de violettes

Je me rappelle mal ton arrivée. La saison, oui, une fin de printemps, et la chaleur qu'il faisait. C'était l'« année des P », règle grâce à quoi le dimanche, au parc de Saint-Cloud, aux appels que lancent mes semblables — Pandore ! Pretty ! Pudding... — je reconnais dans le boxer ou la briarde qui tournoient autour de ta dignité vite offensée des copains de ta génération, alors qu'Isis ou Faraud repoussent déjà ces grisons vers la vieillesse mais que Quetsche, Suzon, Titien désignent des cadets, des espiègles.

Geneviève et moi, nous nous étions querellés. Nous finissions d'installer cette maison trop vaste dont le règne sur nos imaginations s'ouvrait sous de troubles auspices. La magie ne jouait pas ou mal. L'argent nous piégeait, et l'espace, la lourdeur de juin, la peur d'un lieu nouveau et peut-être hostile, jusqu'à cet accent des gens du pays... J'avais le caractère tout hérissé. Un jour que nous avions échangé des phrases plus lourdes qu'à

l'ordinaire je me retrouvai, situation tout droit
surgie de l'enfance, marchant dans les rues, remâ-
chant les mots jetés et reçus, puis au bout d'un
moment, colère épuisée, cherchant l'issue honorable, à sauver la face, mieux : à la faire un peu
sourire. C'est alors qu'une dame, rencontrée vers
les Invalides, à qui je demandais des nouvelles de
sa chienne, une alezane psychopathe de mes
amies, laquelle par extraordinaire n'accompagnait
pas sa maîtresse, me rappela le désir maintes fois
bien qu'à la légère exprimé, mon désir, ma
légèreté, de savoir quand serait disponible quelque chiot de cette famille dont les excès de toute
sorte m'avaient décidément séduit. Eh bien le
moment était venu. Mr. McCarthy disposait d'une
portée toute récente, six petits-neveux et petites-
nièces de la folle que j'aimais, à ce que je compris,
dont par privilège je pourrais peut-être m'appro-
cher afin de choisir, moyennant cent dollars
(Mr. McCarthy comptait en américain), un peu de
compagnie.

J'ai dit que cette situation — ronger mon frein
dans les rues en envenimant les cicatrices d'une
querelle — me ramène toujours à mon enfance.
J'avais, vers douze ou treize ans, de terribles
prises de bec avec ma mère. Elle et moi, nous
avions la dispute dans le sang. Nous nous crêtions
en trois phrases, claquions les portes, fabriquions
une humeur d'encre : palpitations, vésicules en un
tournemain surgies à nos lèvres témoignent de nos
rages intérieures. Nous sommes de redoutables

bagarreurs en chambre. Gosse, je tentais d'apaiser ces fièvres colériques par de longues marches.
Au terme desquelles, désolé, coupable, j'achetais
pour dix francs de violettes à ma mère et revenais
à la maison l'oreille basse, mon tortillon de fleurs
à la main, négocier la paix à bon compte. D'où
m'est restée l'habitude de nommer « bouquet de
violettes » tout cadeau destiné, en famille ou dans
l'amour, à solder les conséquences sentimentales
d'un emportement. Aussi, quand je répondis à
mon amie que j'allais sur-le-champ faire visite à
Mr. McCarthy si elle m'indiquait son adresse,
l'intention soudain apparue en moi d'offrir un
chiot à Geneviève ne relevait encore, croyais-je,
que de ma vieille méthode du bouquet. Je n'étais
pas très clairvoyant.

Les mains de Maman ont-elles, tout au long de
mon enfance, présenté cet aspect d'extrême propreté, de netteté lisse et tendue qu'elles devaient à
la rudesse des tâches ménagères ? Nous étions
pauvres. Assez pauvres en tout cas, malgré certaine folie de « paraître », pour que l'ambition de
se faire servir eût déserté les rêves familiaux. Aussi
Maman se livrait-elle, et son obstination me
blessait, à toutes les besognes subalternes — elles
me paraissaient telles — avec un goût plus marqué
pour tout ce qui décapait, ponçait ses mains, ses
doigts, qu'après les avoir vu rougir, je vis bientôt

se bosseler et se tordre d'arthrite, avec une
tristesse où, je ne sais pourquoi, entrait toujours
un peu trop d'humiliation et jamais assez de
gratitude.

Il m'était venu, de tant de lavages, d'un usage
aussi opiniâtre du savon noir et des cubes de savon
« le Chat », de cette éternelle odeur de buanderie
qui régnait dans nos successifs logements, une
horreur un peu sotte de ce que tant d'hygiène me
paraissait exprimer ou cacher. Par exemple, je
n'avait jamais vu le moindre chien franchir notre
seuil, le plus modeste chat faire son rond chez
nous. Porteurs de puces ou monstres d'indifférence : l'indulgence envers les animaux domestiques n'était pas notre fort. La saga familiale
abondait en loups mangeurs d'enfants ou matous
pachydermiques installés dans des berceaux pour
y étouffer les bébés. Du mammifère à l'humain,
rien ne s'arrangeait. Nous « recevions » peu : la
gêne financière et l'intraitable orgueil lorrain,
associés, justifiaient une solitude où je languissais.
Nous possédions bien des murs, un toit, un jardin,
des marronniers, des fauteuils rustiques — tous les
attributs d'une maison —, mais possédions-nous
une maison ? La question me rudoyait.

Avez-vous remarqué que dans les livres, les
films, un homme qui rentre chez lui — j'entends
un vrai chez-soi, arbres et feu, un homme avec de
la glaise aux bottes —, deux ou trois chiens
toujours l'accueillent ? Qui jappent, dit-on. Ce
verbe semble ne servir que dans des circonstances

nocturnes, affectueuses et campagnardes. Banlieusarde, puis citadine, mon enfance a installé en moi une nostalgie de ces jappements-là, des odeurs de soupe et de fumée. A Villemomble les voisins possédaient souvent un aboyeur féroce, baveur, qu'une chaîne obligeait à ne décrire qu'un cercle autour de sa niche, en écumant. « Chien méchant », annonçait une plaque fixée au portail. Le souhait et la menace ainsi exprimés étaient si profonds qu'ils survivaient à la disparition du chien ou s'obstinaient à proclamer redoutable un roquet. Humanité de haine et de trouille dont la hantise, encore aujourd'hui, m'obsède. On entendait des phrases de cette eau : « Il faut les battre pour les rendre méchants. » Méthode dont on peut — et pas seulement les chiens — ne guérir jamais.

Un Américain de Paris

Un géant sexagénaire qui avait sacrifié son confort aux bassets : ainsi m'apparut Mr. McCarthy. Pas de rideaux chez lui, ni de tapis sur la moquette rongée comme à l'acide. Les fauteuils, étripés. Une dizaine de teckels de tous âges constituaient dans le rez-de-chaussée de la rue Barbet-de-Jouy une république soyeuse et têtue, aux bonds imprévisibles, aux retraits furtifs. On me promit davantage de tendresse d'une femelle. N'écoutant que mon intuition je désignai la plus petite de la portée, la traînarde, la langoureuse, à qui sa robe noire plutôt que feu (j'ignorais qu'elle le deviendrait) donnait je ne sais quel air prussien, chasseur, qui atténuait ce que la trogne émue de Mr. McCarthy avait d'irrémédiablement anglo-saxon. Il fut convenu que je ne prendrais livraison de Polka que la veille de notre départ pour le Lossan afin de ne pas la sevrer trop tôt. Quand je quittai la maison, incertain quant à mes sentiments, je me retournai vers la cour : hirsutes et

pataudes, six boules brunes se hâtaient vers des
bols de plastique jaune. Il sortait de cette hâte
gloutonne des couinements. Je pensai aux souris,
aux rats, aux cavalcades obsédantes et menues,
dans le grenier, autrefois, à Villemomble. Je n'ai
jamais détesté les longues-queues, ni leurs yeux
que l'on dit féroces.

Sans doute étais-je alors en train, au Lossan, de
rater la maison majeure, majuscule, majestueuse,
la maison en forme de maison, fortifiée de tours,
symbolique au point de faire peur. Comme on le
dit des jeunes ménages dépensiers : ils ont vu trop
grand… J'avais rêvé trop grand, outrepassé mes
forces. Peut-être n'avais-je besoin que de modestie, d'un abri, et d'entendre Polka gémir, le soir, à
mon retour, derrière la porte ? Alors, dans le
temps même où je sentais le Lossan qui depuis des
mois occupait mes songes, aspirait mes loisirs et
mon argent, d'une certaine façon m'échapper,
dans ce même temps, sous couvert de faire à
Geneviève un cadeau qui l'apaisât, j'essayais en
vérité de négocier avec mon angoisse le compro-
mis le plus difficile. On peut l'entendre de deux
façons : soit que, prévoyant l'écroulement du rêve
de maison, je prisse une assurance contre le
désastre ; soit que Polka fût une ultime tentative
pour habiter le Lossan. Si ne servaient à rien les
divans, les miroirs, qu'au moins la présence d'un

chien fît de la maison, dans ce simulacre qui tient
lieu parfois de sécurité, un décor capable de me
faire oublier Villemomble, mon enfance et la
sécheresse de nos cœurs. J'avais appris à tout
économiser, à craindre le ridicule des gestes et des
mots, à parler dans le masque. Oh je n'accuse
personne ! Le temps de ma jeunesse, ni ma classe
n'étaient propices aux épanchements. On avait
fermé les cœurs avec les portes. J'arrivais à ce
moment de ma vie où pourtant l'on devrait entrer
d'un pas ferme dans les boutiques, parler aux
inconnus sans chat dans la gorge. L'aisance, quoi !
l'installation. Or, tout résistait à mon confort. On
ne bricole pas plus une maison qu'on ne s'achète
des portraits de famille : laissez chez le brocanteur
le président à mortier, la blonde ovale et Louis
XVI sur fond de parc. Contentez-vous de fleurs.
C'est anonyme, les fleurs, c'est du passé assimila-
ble. Ou des natures mortes... Toi, Polka, tu étais
un personnage de ma comédie du bonheur. Je ne
savais pas, à ce moment-là, combien la vie est plus
imprévue qu'on ne l'attend. Ça gigote, un chiot,
ça piaille, ça exige, ça galope. Ça vous tire Dieu
sait vers quoi.

Silence

Tu me regardes. Si souvent, si longtemps chaque jour qu'il me semble parfois ne vivre plus que sous ton regard. Tes yeux sont ourlés de noir, toujours un peu cernés, surtout après les jeux. Puis tu soupires et, te détournant, fais le rond. Tu ouvres et fermes plusieurs fois la gueule avec ce bruit mouillé, gourmand, chargé d'exprimer la sérénité. Tu es presque, sur la couverture de castor, ton sur ton. Une couverture dix fois mordillée, sucée, lacérée, décousue de sa doublure, et qu'on ne nous voit plus apporter, chez le fourreur, sans nous accabler de réprobation. Je vais travailler, immobile, et les heures vont passer. Peut-être le secret de ta tendresse pour moi est-il dans mon immobilité ? Je suis, un stylo à la main, le moins dérangeant des humains. Tu aimes cet engourdissement que ne troublent guère les froissements de papier ni les recours au dictionnaire. Le grattement de la plume est minuscule mais, s'arrête-t-il, comme tu es mon amie, tu lèves la tête et interroges, l'œil soudain éclairci, affolé. Ou bien un chien, dans la rue, aboie. Alors tu te dresses à demi, la tête en alerte mais l'arrière-train encore engourdi de sommeil, et tu grondes. Sourdement, aimablement. Un exercice de grondement, une sorte de courtoisie à l'endroit de tous les excités du voisinage. Politesse qui rarement dégénère en vrais aboiements, ou alors très brefs, deux ou trois coups de gueule histoire de rappeler que l'on sait, que l'on peut. Après quoi reviennent l'élongation, l'étirement, puis le rond, et le soupir, enfin le gargouillis de babines : la vraie vie reprend, qui est distance, silence. Tu me l'as enseigné.

Hurler à la vie

La maison du travail, c'est l'anti-maison. Je me souviens de certaines, dont la peur d'une sorte de contagion possible continue de me tenir éloigné. A Faverolles par exemple, et même au Lossan, j'ai vécu des jours si ténébreux que leur souvenir demeure en moi, éclatant d'une lumière noire et féroce, lié parfois aux textes qui en naquirent (les textes apprivoisent le souvenir plus qu'ils ne sont empoisonnés par lui), parfois lié à rien, exactement à rien qu'au vide égaré où je passais les heures, les nuits. J'ai fait lors de ces exils une provision de solitude telle que des années ne suffiront pas à l'épuiser. Aurais-je eu Polka à mes côtés dans ces jours-là, ou tout autre chien, qu'ils eussent, je le présume et comme on dit, hurlé à la mort. Encore que je préférerais écrire « hurler à la vie », car tout alors se passe de telle façon que les animaux, plus sensibles que nous à l'odeur secrète des heures, comprennent que le voile est tombé, que c'est bien la vie, la vie dans sa nudité, sa détresse et son délire qu'ils sont admis à contempler. Encore aujourd'hui je me refuse le plaisir d'emmener avec moi Polka quand je vais « travailler » : son regard me ferait peur, posé sur l'homme qu'alors je deviens.

L'anti-maison. Elle n'est plus refuge, mais prison. A moins que je n'y sois que le prisonnier de mon texte, mais le sentiment carcéral gagnant de proche en proche, de la feuille à la table, et de là à la pièce, aux murs, au jardin, je ne confonde bientôt dans la même fascination et la même horreur de la claustration à la fois la matière de mon travail et sa forme, son lieu, ses horaires, tous les mécanismes du piège mis au point avec tant de soin ?

Rien d'abstrait là-dedans. Regardez : ... les heures sont le plus souvent celles du très petit matin, quand bascule la nuit vers ses gris et ses brumes. Les heures sont de l'épuisement de tout. Au sens exact. Épuisé l'effet des drogues et de l'alcool ; épuisée l'illusion que je pourrais travailler encore. Depuis longtemps l'usage empirique et réaliste des choses est révoqué, oublié. Il ne s'agit plus que de prolonger un état d'alerte gratuit, absurde. Imaginez une sentinelle immobile, frémissante, l'oreille tendue vers une nuit dont on sait qu'elle est vide. Vide d'ennemis. Vide des surprises espérées ou redoutées. Les heures ne sont plus qu'un interminable « Qui va là ? » jeté à rien, à personne, à l'ombre qui peu à peu pâlit. A Faverolles j'ouvrais toutes les portes, j'allumais

toutes les lampes. Du tourne-disques, le changeur
automatique laissait la musique continûment couler, paroxystique, haut-parleurs vibrants, les
mêmes enregistrements repris sans fin, maniaque-
ment, par la grâce de la mécanique rendue folle.
J'avais parfois beaucoup bu. Bu comme on boit
quand on est seul, sans fièvre ni hâte, non pas
pour allumer un feu sous la marmite de la fête,
pour rire et parler fort, mais pour entendre, au
fond de soi, vibrer de plus en plus sourdement le
vain grondement du sang. Ivre, je m'écoute vivre.
Je m'écoute et me regarde. Mes gestes sont
exécutés devant moi, là, comme par un autre ou
par personne. Ils acquièrent la grâce haletante qui
justement ressemble le plus à la grâce d'écrire,
quand les mots sont dociles à mon caprice, précis,
claquants, drapeaux dans le vent, pièces d'or
rigoureusement comptées, et le compte tombe
juste, la lumière est celle des jours de mistral et de
ciel blanc. Les mots. Le vent. Un mouvement
ordonne et emporte tout. Le livre apparaît enfin
dans ses ensembles et ses détails, il se dresse, se
déploie, architecture, rideau de scène aux trompe-
l'œil parfaits. Mais quand le rideau se lèvera tout à
l'heure, au lieu du théâtre escompté la scène sera
peut-être vide, jusqu'en son horizon de toiles et de
ciment, perspective vide, vide d'acteurs, d'action,
d'illusion. Oui, l'illusion épuisée. Alors, continuer
de boire.

Reprenons souffle un moment.

Les années du chien

Les premières fois qu'elle te vit organiser ton campement dans mes bras, Geneviève s'en amusa. « Tu es entré dans tes années du chien », me dit-elle. A cette époque, à cause de la guerre au Viêt-nam, les journaux étaient pleins de l'année du singe, ou du poisson, à moins que ce ne fût affaires d'astrologie. En moi, l'expression fit ses racines. Je n'en parlais à personne, et sûrement Geneviève avait oublié ces paroles prononcées en riant, mais de semaine en semaine je leur découvrais des sens nouveaux, prophétiques. Il était vrai que je ne destinais plus à personne ces sentiments de soumission et de familiarité que tu captais. Hors l'honnête vie du couple que Geneviève et moi nous formions — dont ce n'est pas ici le lieu de parler — une grande paix était tombée en moi, silencieuse et sèche. Oui, sèche, — comme on dit le cœur sec, ou sec le terrain dans quoi plus grand-chose ne pousse. Amis devenus rares, passions proscrites : la place était libre. Les « années du

chien » : à bien l'entendre, l'expression est
féroce. Elle pouvait signifier la réclusion, la sensiblerie, l'avachissement, une certaine forme de
crétinisme extasié devant l'animal, réservée d'ordinaire aux vieilles gens. Et puis personne ne vit
sans donner et recevoir des caresses. J'avais
besoin, comme d'eau ou de soleil, de la brisure
douce des gestes. J'avais besoin d'avoir peur du
froid, des voitures, de maudire la pluie. Ne riez
pas. J'ai vu tel de mes amis — celui que je préfère
à tous parce qu'il est nomade et désarmé —
pleurer sur la mort de son chat. Observez les
solitaires. Regardez dans la loge des concierges
ou, si l'odeur vous incommode, sous les vérandas
des palaces suisses, là où de vieilles femmes
riches, très riches, respirent à petites bouffées, au
fond des canapés, regard perdu dans le luxe des
arbres, leurs doigts maigres convulsivement éga-
rés dans le pelage d'un bichon... Ce spectacle me
serre le cœur d'une émotion dérisoire et respec-
tueuse. Des vieillards refusent parfois la compagnie d'un chien : cette avarice les condamne.
D'autres ne se survivent que pour conserver à une
pauvre chose arthritique et catarrheuse — ah le
mot superbe : *un maître*... Comme il est difficile
de dire tout cela sans charger, sans faire rire.
J'essaie de ne majorer rien. Je pose où nécessaire
une touche d'ironie. Il faut en passer pourtant par
la sensiblerie, et tant pis. Le ridicule fait aussi
partie de l'évocation.

    Les « années du chien ». Quand sonne l'heure

des compensations, disent les imbéciles. Et puis pourquoi pas, oui, laissons là le mot. Quand le cœur ne veut plus battre pour rien. Encore que je ne prétende pas... Bon ! Vous me voyez : Polka a pris possession de mes cuisses, et de mon bras gauche sur lequel s'appuie sa tête ; parfois elle enfouit son museau dans le creux ainsi offert, pour s'y faire du noir et du chaud. Pendant deux ou trois heures je ne remuerai pas, ou presque pas, seulement l'espèce d'attente mobile et nerveuse de l'écriture, qu'elle accepte, et tout ce que j'imagine du tumulte assourdi mais constant de l'intérieur d'un homme, qui fait que Polka doit avoir le sentiment d'être installée sur du volcanique, du redoutable, comme un qui se reposerait sur le sol sans cesser d'entendre bouillonner le feu central.

Encore ne s'agit-il là que du privé de notre compagnonnage, d'une édifiante scène d'intérieur. Elle échappe aux détecteurs de niaiserie. Il arrive que d'autres circonstances prêtent davantage aux sarcasmes.

Petits paysages

Je marche à petits pas sur la route. Le village se
découpe au-dessus de moi, minéral, crénelé de
pins et de murs en ruine. Tout est couleur de
pierre, jusqu'au ciel que décembre durcit. Les
haies de cyprès sont malades. Les paysans commencent à planter à leur place des peupliers qui
dessinent sur le paysage une dentelle, au lieu des
hachures noires d'auparavant, comme rageuse-
ment crayonnées, hérissées, un peu oppressantes.
Un jour toute la plaine respirera, balayée de vent,
son mystère emporté avec les nuages.

Alors quoi, un petit paysage ? C'est joli, ça.
L'esquisse négligente. Le croquis en marge du
texte. Combien de façons de dire le ciel d'hiver ?
Et les cyprès ? Peut-être une comparaison toscane
s'impose-t-elle : déjà voici qu'accourent les mots
« primitif », « métallique », « paix rigoureuse ».
C'est drôle ce que ça devient, la vie, un morceau
de vie, au piège des phrases... Il ne s'agissait que
de dire — respiration oblige — ces minutes

d'après le travail, quand on s'ébroue et sort, et
toujours l'on retrouve le même espace irréel,
enfoncé que l'on est encore dans le texte. C'est
l'hiver, de préférence, puisqu'en été je roupille et
sue. L'hiver de Provence ou de Normandie, de
Suisse ou du Languedoc. Parfois la ville et ses
hâtes grises, ses femmes bottées. On sort. Les
gens de l'hôtel ont regardé surgir, oiseau cligno-
tant, titubant, le monsieur du 14 qui bouge si
rarement de sa chambre. Il dit « du travail », des
écritures, c'est bourré de dictionnaires là-haut.
Marrant qu'il faille regarder dans le dictionnaire
quand on fait métier d'écrire. On devrait savoir,
non ? Bref le voilà sorti, le monsieur du 14, ou le
monsieur du château, ou le monsieur qui est chez
les Untel, il doit leur louer la maison, le voilà sorti
et il marche. Il regarde tout comme s'il ne
connaissait pas : le trottoir, les cyprès. Il ne parle
à personne ou bien il parle trop, trop vite, on
dirait qu'il ne veut surtout pas qu'on le quitte,
pensez ! toutes ces heures qu'il passe seul...

Voilà ce qu'il s'agissait de dire : le bonheur. Car
il arrive que ce soit le bonheur.

Expliquons-nous.

Je monte à petits pas vers le village. Je vais
retrouver mon ami Mario. Il me demandera :
« Ça a marché ? » Je répondrai : « Ouais... » Et
nous passerons à autre chose car il est un peu du
métier, il sait, il sent, pas besoin de faire des
phrases. Instants de bonheur. L'écriture a grimpé,
de gauche à droite, signe d'optimisme et de

vitalité, disent les graphologues à la mords-moi-la-
plume, environ trente-huit lignes à la page, rarement plus rarement moins, sans dérapage ni
flottement, avec les ratures, les gribouillis minu-
tieux (tortillons ou hachures, c'est selon), les
becquets, les grands « S » des interversions, les
ondulations sinueuses et fléchées des renvois, trois
petits traits sous les capitales, les adverbes barrés,
les gros mots barrés, les mots intelligents barrés,
les adjectifs barrés (hélas, pas tous...), l'écriture a
grimpé, couru, ralenti, hésité. Les heures. Les
heures ont passé. Quatre, cinq. Puis soudain ça
s'est arrêté. Non qu'on ne puisse continuer, au
contraire c'est tentant, mais à une certaine exces-
sive fluidité de la phrase, à quelque chose de labile
et de mou dans la phrase on a su que le moment
était venu d'arrêter. On a eu faim, soudain. On a
eu faim, soif, envie d'air et de marcher. On a été
réinvesti par le reste du monde, et content de
l'être. C'est alors qu'on est sorti, hibou diurne,
rêveur éveillé, et que la dame de l'hôtel, le voisin
ont dit : (voir plus haut...)

Bonheur est un mot un peu trouble et trop
sonore pour exprimer le sentiment de fatigue,
d'accomplissement, d'incertitude, de hâte qui
m'habite alors et fait de moi ce promeneur ahuri,
muet ou prolixe, ce convalescent d'une maladie
que personne ne soupçonne, ce rescapé. C'est
pourtant le juste mot : il rend justice au don reçu,
à l'étape franchie. Peut-être la qualité de ces

instants-là, où l'on émerge des mots, n'est-elle comparable à rien?

A Honfleur j'allais marcher sur la côte de Grâce, entre les prés gris de givre, et du talon je cassais la glace sur les flaques du chemin. A Caux, j'écoutais craquer et travailler le bois du chalet gorgé de chaleur. A Reux je regardais les poulains galoper derrière les lices blanches. A Montreux, je maudissais les marteaux pneumatiques dont pourtant le harcèlement ne pénétrait pas le silence fiévreux de mon travail.

A Trouville, où Louis Pauwels m'avait prêté sa tour Malakoff — étrange cylindre crénelé que le sel ronge à longueur d'hiver et que peignit Monet — l'horizon désert et le ciel voyageur de février dévoraient, diluaient mon attention. Tu étais avec moi, Polka, cette fois-là, contre mes habitudes, et tu gémissais humblement, allongée sur la moquette brune où tes pattes avaient semé un petit trot d'empreintes couleur de sable, ton museau collé à la porte sous laquelle, j'imagine, les parfums de la plage et le picotement du vent te conviaient à la course et aux cris. Parfois, au large de ton attente, passait en s'époumonant un corniaud, et tu lui répondais longuement, dressée dans le salon rond, dorée, colère, tremblante, puis soudain, abandonnant le dialogue, tu suivais des yeux le passage des nuages ou des mouettes avec l'attention désolée que tu simules dans ces moments-là.

Au Lossan tout me terrorisait. J'ai changé dix

fois de lieu d'immobilité dans cette maison où l'espace invitait au nomadisme. Les heures passées à ma table étaient les seules vivables. La fin du travail — généralement l'alcool, bu trop tôt et trop vite, avait noyé mon courage avant même qu'on m'appelât pour le repas —, la fin de la patience, des ratures, de la fausse euphorie n'était pas délivrance mais retombée harassante aux angoisses ordinaires.

Au Presbytère, où mes habitudes ne se sont pas encore coulées aux formes probables de la maison, où je « cherche ma place » (tout comme toi mais tu disposes, toi, de repères commodes et de passions, les chats par exemple, que tu guettes avec une haine circonspecte), au Presbytère je ne souffre encore d'aucune peine, d'aucune joie. J'attends des signes. Je rôde en écoutant, la nuit, meugler les vaches nostalgiques dans les prés d'alentour, et parfois, quand le vent m'appelle, ou l'un de ces brusques éclats de soleil dont la Normandie s'éclaire, je monte en voiture et vais marcher sur les plages où galopent, maladroits, talons coincés dans l'étrier, fesses chahutées, les amants adultères de Deauville auxquels on voit des yeux cernés de plaisir bleu.

Et dans le même temps que m'occupaient ces sensations que j'essaie d'exprimer, partout, d'une certaine façon, je jubilais, j'exultais, je tremblais

d'un bonheur incrédule : le livre avance ; les pages
se font, enflent, chantent, puis, comme il
convient, se mettent en sourdine, maigrissent,
s'apaisent. Une fois encore l'étrange opération se
pose et je vais la résoudre.

... Plus tard, aux heures dernières de la nuit,
retombée la folie bienfaisante, ne m'apparais-
saient plus que les manques et les vices de mon
texte. Il se gonflait d'une emphase malsaine. Il
traînassait, pointes ébréchées. L'écho s'était tu.
Les signes n'étaient plus que ces griffures nerveu-
ses et allusives sur la page, du vent, de la musique
fausse. Il fallait me jeter dans le sommeil, m'im-
merger dans la surdité de la nuit et attendre,
espérer qu'au réveil l'ennemi se serait retiré afin
qu'une nouvelle patrouille redevînt possible,
aventurée vers le territoire imaginaire.

La place du cœur

Tout à l'heure, roulant au hasard dans le pays d'Auge gorgé d'eau, j'entendais à la radio une femme parler de sa fille, morte de leucémie à dix-sept ans, dont elle venait de publier les lettres et le journal [1].

« La mort d'un enfant, c'est le malheur absolu. » Parole et voix difficiles à supporter. Cette femme disait aussi : « On finit par s'habituer à la vie, par ne plus savoir qu'on la possède, par ne plus s'étonner d'être vivant... »

Ces phrases prononcées d'une voix extraordinairement contenue, contrôlée, retentissaient étrangement dans la fin de jour brumeuse, déserte — ce jour que j'ai passé, seul, à parler d'une chienne (et m'efforçant d'en parler avec légèreté), à traquer les formes que prend en moi, grâce à toi, un certain adoucissement du cœur.

1. *Je ne veux pas qu'on m'oublie*. Dominique Kacoub, éd. Sarrazin Boccara.

Le cœur ! J'aurais aimé intituler ce petit livre :
« La place du cœur. » L'expression m'aurait per-
mis, la développant, d'analyser comment en nous,
à certaines époques de nos vies, la place de la
douceur est libre, vide, et peut appartenir à qui
s'en emparera. Je me serais demandé si tel avait
été le cas avec toi. J'aurais été honnête : l'hypothèse ne menait à rien. Seuls les coquins
prétendent que l'on refuse aux humains ce que
l'on donne aux animaux, et autres imbécillités. Je
crois au contraire que dans ce retour au respect
d'autrui et à la tendresse que certaines vies ont la
chance d'amorcer, l'amitié pour les animaux est
un formidable raccourci. Les intéressés le savent
bien : je n'ai jamais senti, chez les miens, d'agace-
ment devant mon coup de cœur pour toi. Je ne
parle pas de Geneviève, plus coiffée que moi, s'il
se peut, des animaux, mais de mes enfants.

Arrive-t-il que des enfants soient jaloux des
animaux de la maison, aient le sentiment d'être
« volés », « lésés » par les petits et grands poilus
qu'embrassent père et mère ? J'ai du mal à le
croire.

Ma fille, c'est vrai, quand elle traînait les
maladresses de ses cinq ou six ans, s'irritait de ce
que Polka ne lui rendît guère visite. Tu étais
même rebelle, soyons juste, à ses caresses, que tu
jugeais tyranniques et passablement brutales.
Petits chiens et petits enfants ne font pas bon
ménage : les premiers souffrent de la maladresse
des seconds, à qui ils n'osent pas apprendre d'un

coup de dent la délicatesse, procédé peu compatible avec leur gentillesse naturelle. Suffit de posséder de grands chiens. Ceux-là, sûrs de leur force et magnanimes, tolèrent avec une longanimité superbe les agaceries des momichons.

On a les chiens qu'on mérite

Tu as singulièrement compliqué ma vie. Ta présence m'a obligé à renoncer aux lents sommeils immobiles d'autrefois (tu prends plusieurs fois par nuit des décisions contradictoires et dérangeantes), aux flâneries dans les villes (nulle envie de te balader les yeux et la truffe à la hauteur des pots d'échappement), aux séjours chez des ennemis des chiens ou des propriétaires d'irascibles aboyeurs. Vos haines, entre chiens, sont d'une insondable férocité : je sais des maisons où l'on te dévorerait vive. Je t'ai parfois sauvée des bonds et des claquements de gueule par un traitement expéditif : en te soulevant par ta laisse au risque de te rompre le cou. Nous évitons désormais les incursions sur les territoires aussi sauvagement gardés. Tu m'as privé de six mois de parlotes littéraires au Québec, pays où les chiens étrangers sont soumis à la quarantaine. Pour la même raison, plus de séjours un peu longs en Écosse, en Irlande, en Angleterre. Si j'avais rêvé de voyages à la paresseuse, comme je les aime, en ta compagnie, tu m'en aurais dégoûté : seule avec moi en voiture tu deviens insensée. Tes sauts, tes appels en apparence désespérés, cette longue et inexplicable crise de rage que devient chaque étape m'ont contraint à renoncer. Je voyage seul ou ne voyage plus. J'ai des souvenirs inoubliables de trajets accomplis en tête à tête avec toi par la force des circonstances : tes hurlements, tes gesticulations sur la plage arrière de la voiture dont tu couvrais la vitre de buée à chaque coup de gueule, la réprobation devinée dans les voitures qui me suivaient ou que je dépassais — les bonnes gens imaginaient, à te voir ainsi convulsée, Dieu sait quelle torture, et quelle insensibilité monstrueuse de ma part... —, tout, ces jours-là, contribuait à mon désarroi. A quoi bon aimer si l'on est à ce point maladroit ? J'arrêtais la voiture, te lâchais un moment en forêt, te rappelais, — nous repartions. Et tu recommençais. Entrer dans un restaurant, un hôtel : impossible. Je me rappelle surtout un retour de Suisse, les petits lacets et les virages secs du Jura, tes étouffements, ton corps dressé vers le filet d'air qui coulait de la fenêtre (tu te serais jetée par la fenêtre ouverte). J'étais aphone à force de jeter des cris qui ne te calmaient qu'une minute. Si je rangeais la voiture au bord de la route — c'était le mois d'août, la circulation était obsédante — tu m'escaladais et te mettais à me lécher avec emportement, tes pattes avant me retenant le menton, à bout de souffle, les yeux hagards.

Parvenu à ces extrémités de patience et d'exaspération, je me suis évidemment demandé pourquoi j'acceptais cette démence, ces épreuves vaines et difficilement supportées? Rien ne m'y obligeait, que l'engagement souscrit dès l'instant où l'on accepte la charge et la garde d'un être vivant. Te donner? A qui? Et qui aurait supporté tes moments de folie?

Colette Audry, dans un très beau récit, a raconté cette mystérieuse « folie » d'un chien, et la non moins mystérieuse prison de tolérance et de renoncement où elle enferme un humain. A côté du grand berger de *Derrière la baignoire,* chien aux excès vaguement existentialistes, tu n'es bien sûr qu'une mini-folle, à peine folle d'ailleurs, simplement « fin de race », produit de trop de croisements consanguins, des amours éphémères et incestueuses administrées par M. McCarthy dans l'ombre de son rez-de-chaussée aux moquettes pisseuses. Et mal élevée, de surcroît! Comme le berger fou de Colette Audry, tu es la propriété de maîtres sans principes. Ah ce n'est pas un rude chasseur, un hobereau à la peau luisante de sang qui t'aurait laissée devenir cette petite boule de cris et d'états d'âme!... Nous avons manqué de conscience et de fermeté. Nous sommes de ces gens qui prêtent leurs clés, laissent le courrier sans réponse. Pour un peu nous enverrions nos fils à la

manif. Comment voulez-vous éduquer un teckel si
vous êtes partisan de chambarder la société ? Etc.

S'il est vrai qu'on a les chiens qu'on mérite,
comme je suis fier de ta démence et de tes
tendresses ! Dans cette vie de partout corsetée,
colmatée, nourrie de labeurs et de décorations, tu
es la fuite du cœur, la fissure par où s'insinuent les
déraisons. Il y a trente ans je ne t'aurais pas
méritée, justement : j'étais trop empêtré d'ordre
et de calculs. Je croyais aux investissements.

Au reste, gardons-nous des excès de philoso-
phie. Je t'ai faite comme je t'ai voulue. Tout s'est
sans doute joué la nuit de Nîmes.

Nous nous apprêtions à emménager au Lossan,
vaste demeure aux peintures à peine sèches. Je
n'étais allé te chercher chez Mr. McCarthy qu'au
moment du départ : tu avais huit semaines, âge en
principe trop tendre pour qu'on pût te sevrer, et
nous avions retardé l'épreuve autant que faire se
pouvait. Je ne m'étais pas embarqué pour l'aventure sans biscuits : on trouvait dans la voiture,
outre un panier en osier, genre boîte à chat, une
corbeille également en osier, de forme arrondie,
décorée de coussins en tissu provençal, une souris
en caoutchouc qui couinait à la pression, le plus
petit modèle de faux os en plastique, une imitation
de sandale en peau de buffle, une balle en cuir et
un plaid écossais promis au sacrifice. Du lait

concentré, de la viande hachée, une bouteille
d'eau d'Évian et une tasse complétaient l'équipe-
ment.

Cela va sans dire, le voyage fut infernal.

Ce n'était pas la couverture écossaise que tu
étais décidée à déchirer, mais nos mains, nos
cheveux, nos oreilles, nos nez, toutes parties de sa
personne que Geneviève, à bout de résistance,
décida de t'immoler aux environs de Sens. A cette
époque-là, l'autoroute du Sud n'était pas ache-
vée : ce que le ronronnement et la stabilité de ses
portions utilisables obtenaient de toi, les secousses
et le brouhaha des nationales, dans le Morvan, à
Lyon, dans la garrigue, le défaisaient. Nous arrivâmes à Nîmes épuisés.

Nous n'osâmes pas descendre dîner dans le
jardin de *L'Imperator* : comment t'abandonner ?
Tu piaillais à cœur fendre. Nous fîmes donc
monter le dîner sur une table roulante, comme un
couple de princes incognito ou d'amants frais du
jour. Je te menai pisser vers dix heures tout au
fond du jardin, dans la solitude et le silence
convenables, la présence des voitures ou des
humains te plongeant dans d'infinies crises de
tremblote. Je te remontai, frissonnante, dans une
poche de mon veston.

Acagnardée par mes soins pour la nuit au plus
profond du panier, tu parus accepter ton sort. Tu
ne commenças à gémir qu'une fois la lampe
éteinte. C'est exactement à ce moment, je le
suppose, que ton sort et le mien se jouèrent. Pas

plus tôt, pas plus tard. Une heure de fermeté, ce 1er juin 1966, vers minuit, m'eût sauvé. Hélas je cédai au bout de dix minutes...

Puisque seule ma main — couché de travers, déjeté, insomniaque, je l'abandonnais à tes mor-dillements —, puisque seule ma main achetait ton silence, je te l'offris. Tu passas ainsi notre pre-mière nuit à me râper les doigts et la paume ; je la passai à écouter, dans le noir, comme d'une souris ou d'une taupe, l'agitation dérisoire mais achar-née de ta vie. Gémissais-tu ? Aussitôt je te parlais à mi-voix et devinais ton attention soudain éveil-lée, ton museau levé vers moi à travers la nuit. Quand vint le matin tu t'endormis, et c'est arron-die dans les bras de Geneviève que tu fis le voyage jusqu'au Lossan et franchis le portail de la maison.

Mon roman

Si dispersé pourtant, le travail occupe le centre de ma vie. Vraiment le centre, le « lieu géométrique des points équidistants de », — de quoi ? D'un secret vital, multiple, qui est moi, et dans le même temps lui, le travail, c'est-à-dire ma réflexion sur moi-même, la volonté de tout faire vers lui converger, de faire servir ma vie. « Faire servir » : les deux mots ont de quoi choquer. Il ne faut pas les prendre en mauvaise part. Personne ne vit pour en écrire, mais quiconque écrit découvre que l'écriture a peu à peu investi tout le reste. Écrire n'est plus, bientôt, que l'incessante, interminable entreprise de formuler la vie, l'ordinaire et le fou de la vie. Le cœur vide, l'effort pour prendre mes distances, la minuscule présence de Polka, le souvenir des filles, les opinions des imbéciles, le silence autour de moi tombé, être le bon mauvais époux, le bon mauvais père que j'aurai été, guetter des raisons de continuer à jouer : tous les chapitres de moi sont rangés en

cercle autour du regard de l'*écrivain*. Je pourrais
feindre d'inventer des histoires : elles ne seraient
nourries que de moi. Mon roman dure vingt-
quatre heures par jour.

Folle

Si tu étais une humaine, on te déclarerait
volontiers hystérique. Ce doit être le mot appro-
prié. (Je l'emploie selon le sens commun, sans
plus.) D'une hystérique tu as les démonstrations
d'amour excessives — je ne m'en plains pas trop
—, les paniques, les soudains déchaînements
aboyeurs. La dinguerie te saisit en certains lieux :
aéroports, gares, partout où tu vois des gens
porter des valises. Les valises jouent pour toi le
rôle de la cape rouge pour le taureau. A peine les
touche-t-on, les pose-t-on sur un lit, que tu perds
toute dignité. Tu es alors capable d'aboyer une
heure durant, imperméable aux menaces de
coups, aux supplications, indifférente aux caresses
ou à la nourriture. Tes yeux se vident de toute
familiarité, tu n'es plus que colère et peur. La
valise est-elle « faite » : tu te couches dedans, où
tu peux passer une journée, une nuit, sans en
bouger, gardienne furieuse de la menace de
départ. Quant au départ lui-même, tu le transfor-

mes en un sabbat de bruits, de courses frénétiques, d'étranglements de gorge, de démonstrations de haine. Tu emplis la voiture de tes sauts,
de tes clabauderies, de retroussis de babines et de
grognements qui me découragent, même moi, de
te saisir. Comportement inexplicable puisque tu
exprimes la rage là où nous attendrions, selon le
cas, impatience ou tristesse. Tu n'es à nouveau
« logique » que dans les moments où, ayant
compris que tu ne nous accompagnerais pas, tu
retrouves ton silence, ton immobilité, et ce regard
vaincu dont tu nous gratifies de sous le meuble où
tu t'es réfugiée. Parfois, pour calmer plus tôt ta
folie, je t'installe dans les bras de Gabrielle,
situation dans laquelle tu lis ton destin immédiat,
qui est de demeurer à la maison. Si je veux alors te
saluer, t'embrasser, tu détournes la tête et me
refuse le regard. Tu deviens un chien sourd, muet,
abstrait, tes yeux vagues et vidés d'expression : tu
te fais aussi passive et lourde que possible dans le
giron de notre Gabrielle, qui en profite pour te
décrire les délices où tu vas vivre quelques jours :
en visite dans sa chambre, nourrie exclusivement
de cœur et de foie, et bien contente de savourer
cette tendresse intérimaire. Je m'éloigne alors le
cœur chaviré, assailli de remords, prêt à renoncer
à la soirée, au voyage, poursuivi par ces yeux
qu'enfin tu tournes vers moi dès que j'ai franchi le
seuil, et pendant un moment je roule avec, dans
ma mémoire, l'étroite petite tête étonnée aperçue
entre deux reflets derrière la fenêtre.

Pourquoi, chiens, êtes-vous si souvent, facilement, irrémédiablement malheureux ? Des années
de paix n'adoucissent en vous aucune angoisse.
Chacun de nos départs semble être vécu par vous
comme définitif, mortel. Votre mémoire, qui est
grande, devrait vous rassurer, émousser la pointe
de l'incertitude, vous enseigner que nous revenons
des voyages, que nous regagnons le soir notre
maison. Cette maison où vous régnez, qui est la
vôtre et qui devrait garantir votre sécurité puisqu'une valise, dans une chambre d'hôtel, suffit
parfois à vous apporter du réconfort et de la paix.
Mais non, c'est de notre présence physique que
vous avez besoin, et du rassemblement de la tribu,
toute absence, tout départ étant ressentis par vous
comme d'affreuses lézardes dans la petite société
où vous vous êtes intégrés.

Il arrive aussi que tes frénésies, au lieu d'évoquer la déraison, ou je ne sais quel mystère canin
que je renonce à élucider, expriment simplement
la joie. Ce sont les arrivées sur la plage, en
Normandie ; les instants où, en forêt, tu sautes de
la voiture enfin arrêtée ; ou encore ces retours de
promenade, quand, dans le moment où tu devrais
être épuisée de courses, assoiffée et soucieuse
seulement de sommeil, une fièvre te saisit et te
jette à travers les pièces de la maison pour une
partie de gendarme et de voleur — appelons cela :
« jouer à l'homme et au chien » — extraordinairement véloce, passionnée, spectaculaire, où tu
retrouves tes pointes de vitesse d'il y a plusieurs

années, tes aplatissements sur le tapis, tes feintes,
tes accélérations, tes demi-tours affolants entre les
pieds des fauteuils... Cela dure deux, trois, cinq
minutes au cours desquelles tu consumes ton
énergie d'une semaine, après quoi tu vas lapper
une tasse d'eau fraîche et, le museau entre les
pattes, anéantie sur un canapé, tu m'observes un
moment aller et venir avant de t'enfoncer, avec
force gargouillements et soupirs, dans une
absence de plusieurs heures.

Le rachat des imbéciles

L'autre soir, un imbécile avait dîné à la maison. Il avait aimé les vins et ne les avait pas négligés. Dans sa gaieté, il donnait libre cours à la nature : comme il s'agissait d'un imbécile idéologue, il pérorait depuis une bonne heure sur ses opinions, et ceux d'entre nous qui hésitaient à les partager étaient des salauds, des complices de l'ordre ancien, des promis à la moulinette de l'histoire.

Parfois, comme nous tardions à lui donner la réplique (nous étions anéantis), il tombait un silence et notre homme penchait pensivement vers le tapis un visage excité, irrigué de trop de sang, que sa soudaine immobilité rendait émouvant. Il arriva, comme tu t'étais approchée de lui, qu'il te découvrit à ses pieds. Le silence se prolongeant, il se mit à te caresser. Une vraie caresse, savante et familière, les doigts déliés, gratteurs, courant derrière tes oreilles et sous ton menton — toutes compétences que tu saluais avec la satisfaction convenable.

Ainsi, pendant que les autres invités se demandaient combien de temps l'ange allait-il mettre à passer, et se reprochaient peut-être de ne pas relancer la belle « discussion politique » (grands dieux !) amorcée par l'idéologue, je ne regardais plus que sa main perdue dans la longue soie de ton cou, Polka, puis de la main je remontai au visage, sur lequel la jactance, la violence, l'embarras avaient fait place à un oubli gai qui, à mes yeux, changeait du tout au tout les « données du problème ».

Je l'ai dit ou le dirai plusieurs fois : j'attache grande confiance à tes intuitions. Si tu fêtes un inconnu, je lui accorde crédit ; si tu grognes, je me défie. (Je compte pour nulles certaines manifestations d'amitié ou de colère que tu prodigues par trop follement : ton amour pour les autostoppeurs ; ta haine pour les maître d'hôtel lorsque, d'un coup de serviette, ils chassent les miettes de la table...) L'expérience m'a appris que tu as presque toujours raison. *Tes* raisons. Que je fais miennes assez aveuglément.

La grande dame qui craint pour ses bas, la vieille qui prétexte l'hygiène pour repousser un coup de langue, les plaisanteries un peu lourdes de tel ami aux pieds redoutables : j'ai appris à me méfier de ces personnages. A tous il manque un peu du naturel, de l'animalité qui font les bons compagnons. (Ce sont les mêmes qui redoutent les orangeades trop glacées, qui disent « un doigt

de vin, pas davantage… ») Parfois, quand il s'agit
d'aveux publics et de gens considérables, je suis
bien embêté. Par exemple je n'aime guère que
Simone de Beauvoir, racontant sa première visite
à Colette, avoue lui avoir dit qu'elle n'aimait pas
les animaux, ni qu'elle ait suspecté l'amitié de
Colette pour ses chats. Je n'aime guère non plus la
hargne avec laquelle Montherlant parlait des
« roquets », des « cabots », et tirait de la vilaine
apparence de certains petits clébards des conclusions sur la veulerie française. Un chien obèse est
un chien que ses maîtres ont gavé de sucreries.
L'hypocrisie, l'indiscrétion, la couardise, nous les
apprenons à nos chiens. Aussi bien Montherlant
lui-même, à trois pages de cette « Chienne de
Colomb-Béchar » à quoi je faisais allusion,
écrivait-il les vérités charmantes que j'ai placées
en épigraphe à ce livre.

L'étrange tristesse

Si l'on excepte les instants où tu guettes mon assiette, ceux où tu exiges qu'on te lance sur la plage un galet, les minutes où tu me retrouves au retour d'un voyage — toutes circonstances où tes yeux s'allument —, la constante couleur de ton regard, c'est la tristesse.

L'étrange tristesse de nos animaux. On n'en perce pas le secret. N'y aurait-il aucun secret ? Seulement nos interprétations, notre délire sentimental ? Je n'arrive pas à y croire. Chacun sait que les animaux perçoivent des sons inaudibles aux oreilles humaines ; qu'ils ont l'intuition des catastrophes naturelles — cyclones, tremblements de terre, éruptions volcaniques — ressenties, captées par eux avant leurs manifestations visibles. Tout se passe comme si les animaux étaient restés, même asservis, apprivoisés par nous, en contact avec des rythmes naturels très profonds, avec une « infravie » à laquelle nous sommes, ou sommes devenus, sourds.

Je ne puis donc, te regardant t'immobiliser, veiller, écouter, en alerte jusqu'au plus épais de ton sommeil, m'empêcher de respecter en toi cet accord que tu exprimes, la communication que sans doute tu établis avec les couches secrètes de la vie. Tu es sensible aux changements de pression atmosphérique qui annoncent le mauvais temps, tu entends les infra-sons, tu sais longtemps avant nous qu'arrivent ceux que nous attendons : pourquoi ta tristesse n'exprimerait-elle pas quelque connaissance rudimentaire et mystérieuse ? De quelle sorte, et de quoi ? Bien sûr je n'en sais rien. Mais je vis trop près de toi, je suis trop attentif à chaque petit battement en toi de la vie pour me tromper tout à fait.

Les animaux, plus soumis que nous aux forces élémentaires, plus vulnérables que nous, si facilement désespérés, si vite méfiants, savent sûrement « à quoi s'en tenir ». Ils ne seraient pas si tendus et frémissants s'ils ne percevaient pas une secrète menace. Leur regard n'exprimerait pas pareille tristesse si des raisons de désespérer ne les avaient pas, de toute éternité, investis.

Nous vivons dans une distraction toute-puissante, multiforme. Sans doute notre acharnement à vivre ne persiste-t-il qu'à ce prix ? Parfois — qui n'a fait cette expérience ? — je reste en arrêt sous ton regard. Je voudrais l'interpréter, partager avec toi le pessimisme, le désabusement et la sagesse que tu parais vouloir m'enseigner... Mais pour sûr ce ne sont là que radotages, et tu te retournes en ronflotant des babines, le nez dans la queue, virgule de poils et de soupirs. Ai-je rêvé ? Peut-être tout à l'heure, dans la nuit, te devinerai-je, dressée, tremblante d'attention ou de crainte, à l'écoute de messages insoupçonnés... A moins que, dans la rue, des amoureux, entre deux baisers, n'aient éclaté de rire et dérangé, sans le savoir, tes minuscules rêves de chien. Comment savoir ?

Un grand chien noir

J'habite Auteuil. La plupart de mes courses en
voiture à travers Paris commencent par les quais
de la Seine, la « voie sur berge », les tunnels
rapides qui mènent sans un feu rouge de Passy aux
Tuileries. Il y a là plusieurs glissades souterraines
assez grisantes, auxquelles, avant que la police
installât volontiers ses cinémomètres au musée
d'Art moderne, je m'abandonnais à belle allure.
Au bas du palais de Chaillot, la plongée dans le
tunnel se faisait alors dans une hâte générale et
féroce. Pas question pour les misérables piétons
de s'aventurer : ils auraient joué leur vie. Un
matin, à l'heure de la circulation, sinon la plus
dense au moins la plus rapide, j'aperçus, là où le
parapet du tunnel avance en proue dans le flot des
voitures, assis, collé à la pierre, la gueule ouverte,
les yeux terrorisés, un gros chien noir. Poilu,
chevelu, le genre bouvier. Comment était-il parvenu là sans se faire écraser ? De quel bond ? Par
quelle inconscience ? Coincé maintenant sur son

îlot, au milieu du fleuve de bruit, de puanteur, de
vitesse, il haletait, sa tête comme cherchant de
tous côtés une issue, affalé avec une espèce
d'indifférence que démentait la palpitation de son
ventre. Tout cela je le vis en quelques secondes,
au passage, presque abstraitement mais avec une
précision photographique. J'avais tenté de ralentir
mais un appel de phares impérieux m'avait poussé
en avant. Impossible en ce lieu et à cette heure
d'arrêter la voiture : j'aurais provoqué une colli-
sion en chaîne, un massacre. Je ne pouvais que
suivre le flot, aller tourner place de l'Alma,
revenir, garer ma voiture quelque part dans les
jardins du Trocadéro et à pied, au risque d'un
accident, tenter de rejoindre le grand chien noir
sur son étroite prison. Bien entendu j'avais ainsi
toutes les chances, l'effrayant, de provoquer le
mouvement fatal dont jusqu'à présent sa peur
l'avait préservé. Il me fallait cinq bonnes minutes
pour réussir dans les encombrements mon demi-
tour. Serait-il encore là ? Je veux dire : arrivant
vers l'entrée du tunnel le verrais-je, gueule
ouverte, dans la même position où le film rapide
de mon passage me l'avait montré ? Ou, ne le
voyant plus, n'aurais-je qu'à chercher du regard,
quelques mètres plus loin, le tas noir et rouge de
son cadavre ou, pis encore, la forme blessée,
misérable, que les autos éviteraient encore un
moment jusqu'à ce qu'un nouveau choc ou l'épuisement missent fin au supplice ? Ces images
déferlaient en moi, me serrant le ventre, pendant

que la circulation me bloquait avenue de New
York. C'était un matin de Paris, gris et tendre,
sans doute avec un peu de soleil ou de vent, et
cette douceur sur la Seine. Un matin, aussi,
accablé de rendez-vous et de hâte. Dans l'encom-
brement je pouvais voir, dans chaque voiture, le
visage d'un homme que son retard exaspérait.
Sans doute leur ressemblais-je ? Chaque instant
qui passait aggravait mon propre retard et multi-
pliait les chances de mourir du grand chien noir. A
un moment, la vision de son corps disloqué,
sanglant, fut si brutale et précise que j'en ressentis
en moi une douleur. Fulgurante et brève comme
en ont, disent-ils, les gens que traverse la prémo-
nition d'un malheur. Alors je renonçai. Je conti-
nuai ma route et vécus sans les déranger toutes les
étapes de ma journée. Plusieurs fois la vision me
visita, insistante, insupportable. Et toujours je
pensais à ce drôle de mouvement de la tête
qu'avait eu le chien noir, la levant, la tournant de
tous côtés, vers le ciel gris où s'était réfugié le
silence.

Tes appétits

Tu as un rude coup de dent. Jamais autant qu'au cours des repas, quand tu lèves la tête et espères un morceau, tu n'as les yeux vifs, malins. Tout se passe comme si l'appétit, l'inépuisable appétit te donnait une âme. (A supposer que l' « âme » fasse briller le regard, hypothèse bien idéaliste...) Impossible, en tout cas, de ne pas prêter attention à l'un des reproches les plus fréquents qu'on vous adresse, à vous les chiens : vous ne seriez soumis qu'aux impulsions de votre ventre, ventre de la bouffe et ventre du sexe. Vous ne seriez attachés aux humains que par la pâtée, le biscuit, le sucre et prêts à vous détourner de nous dès qu'un derrière passe à portée de votre odorat. D'ailleurs votre gloutonnerie, vos mendicités, vos obésités, quelle horreur ! Et que dire de ces reniflements, de ces queues levées, de vos manèges amoureux, de vos façons d'enfourcher nos jambes et nos bras si nous n'y prenons garde, dans l'espoir imbécile et impudique de forniquer avec

eux... Bref, vous suez la bestialité : les raffinés se
bouchent le nez.

Il faut n'avoir jamais vu comment un homme
regarde en public une femme qu'il convoite —
rappelez-vous : sur la plate-forme des autobus,
ces yeux obsédés, ces mentons soudés, et comme
le désir ressemblait soudain aux douleurs de
quelque secrète colique —, il faut n'avoir jamais
entendu siffler les hommes au passage d'une fille,
il faut n'avoir jamais regardé les visages, un
dimanche, vers deux heures, dans une auberge à
sauces et à étoiles, pour trouver à redire aux
appétits des bêtes.

La dignité, le charme des attitudes, jusqu'à la
tristesse des grands tireurs de laisse quand ils
gémissent au passage d'une femelle ou parce
qu'un croûton gît hors de leur portée, tout cela
joue en faveur des animaux, est à porter à leur
crédit.

Je n'oserais pas comparer la trogne d'un gastro-
nome après les rôtis, à la tête d'un chien qu'une
odeur de viande affole. Non plus que les gestes,
commentaires, attitudes, plaisanteries de cinq ou
six messieurs affriolés, au regard dont se suivent
chien et chienne de rencontre quand, par hasard,
c'est le désir en eux qui paraît l'emporter sur leurs
préoccupations habituelles : galopades, menaces,
rigolade, indifférence. Non seulement les animaux
sont plus beaux que nous mais ils ont davantage de
style, d'allure. La grâce en eux est innée, incons-
ciente, et le temps ne la détruit parfois jamais. Ce

sont les animaux abîmés par l'homme qui enlaidissent : chiens et matous bourrés de « restes », chevaux esquintés par le trait, fauves encagés. Libres ou respectés, ils meurent comme ils sont nés : superbes.

Mes compatriotes

Au fur et à mesure qu'à l'intérieur de moi ça se pacifiait, je sentais l'enveloppe extérieure devenir plus fragile. Je me mis à comprendre l'expression : un écorché vif. Mais alors qu'elle m'avait toujours paru supposer des réactions extrêmes, un excès de susceptibilité ou de méfiance, je découvris que ma défense consistait seulement en froideur. Je devins — hors les manifestations de frivolité — tout à fait silencieux et fermé.

D'abord je ne me rendis compte de rien.

Quand je pris conscience de cette claustration que je m'étais imposée, et de la règle à laquelle maintenant je me soumettais, le mal — le mal ? — était fait. Je cherchai une explication : la seule à laquelle je parvins était floue et démesurée, à savoir que je me trouvais mal dans ma peau, ma société, mon pays.

Dieu sait que je le dis sans joie ! J'ai tenté d'évoquer telle époque, tels lieux où je m'étais senti, opposition ou communion, accordé à ce qui

m'entourait. Quand, comment le lien s'était-il
distendu ?

Longtemps, comme disait le Connétable, j'étais
« allé à la messe avec les autres ». J'avais affiché à
vingt ans les opinions qui se portaient autour de
moi. J'avais professé les « bonnes » idées, cru au
progrès et au progressisme, redouté les militaires.
Plus tard — disons vers 1960 — je m'aperçus que
rien ne se passait comme annoncé. Le grand
méchant loup ne dévorait pas les brebis, lesquelles
bêlaient de façon décidément vaine et vaguement
répugnante. Je pris donc, honnêtement, le contre-
pied de mes attitudes de l'avant-veille, ou plutôt,
puisque c'était un autre parti que prévu qui
comblait mes vœux, je crus à ce parti, les vœux
comblés valant mieux que les criailleries et les
étiquettes. Il faut le dire : entre 1960 et 1967
environ nous nous amusâmes beaucoup. Nous
étions antipathiques à des tas de profs de province
et à presque tous les ministres étrangers. En 1964,
chez les pompistes ou dans les cafétérias d'Amérique, au Texas, au Colorado, en Californie, on me
demandait pourquoi les Français avaient élu un
« général communiste ». Le diable d'homme faisait tout ce que mes chers journaux de gauche
réclamaient qu'on fît depuis quinze ans : il lar-
guait les colonies, mettait fin à la dernière de nos
« sales guerres ». C'était redevenu convenable et
excitant d'être un Français.

L'année 1968 — moitié bordel, moitié dégoût
— mit bon ordre à tout cela. A partir d'elle, et des

formidables pétoches dont elle donna le spectacle, et des monceaux de sottises qui furent dites, écrites, poémisées, chantées, affichées, ralliées, récupérées, à partir d'elle le contact fut coupé et un vaste à-quoi-bon commença de recouvrir mes opinions. Je ne supporte pas que l'on vole au secours de ce qu'on espère être la victoire. Je ne supporte pas que les gens responsables d'une pédagogie, d'une information, fassent fi de la vérité pour embarquer sur le dernier bateau. Je ne supporte pas que les écrivains, intellectuels, politiciens aient la tête folle parce que de la folie est dans l'air. Je ne supporte pas les opinions à la mode. Je ne supporte pas que les gens qui rongent leur frein fassent et disent n'importe quoi et s'appuient sur n'importe qui pour revenir aux affaires. Bref, je n'aime guère les comédies. Ceux qui nous donnèrent la comédie au printemps 1968 me détournèrent pour longtemps des menuets, valses et défilés politiques. J'en voulus à l' « ordre » d'avoir fait piètre figure ; j'en voulus aux illusions révolutionnaires d'avoir porté un mauvais coup à l'État : je compris qu'il allait falloir se tenir pour un bout de temps à l'écart des discussions d'après dîner.

Ni l'Ordre ni les Chimères : un joli programme. C'est en essayant de me le détailler un peu que je découvris avoir, depuis un moment déjà, commencé de divorcer d'avec la compagnie.

Si je fais si volontiers la conversation à ma chienne, c'est que j'ai de plus en plus de mal à

causer avec mes compatriotes. Et ce n'est pas
façon de dire. Je reste vraiment coi, la tête
enflammée de leurs formules et de leur brio, les
yeux écarquillés devant l'aisance des uns et l'appétit des autres, devant les certitudes des uns et les
souplesses des autres. Partout où je crois voir se
poser des « problèmes », je suis seul de mon avis.
En revanche je n'arrive pas à me passionner ni à
m'émouvoir pour les grands débats sur quoi
souffle le vent des conversations. Il me semble
qu'on parle intarissablement sur des évidences,
que l'on gonfle des phénomènes de moyenne
importance et qu'à force de braquer sur eux tous
les feux, les exégèses, les informations, on use les
questions avant d'y avoir répondu et qu'on les a
« dépassées » sans s'être arrêté à elles. La sur-
information, l'hypertrophie monstrueuse du com-
mentaire écrit, parlé, télévisé, bavardé aboutis-
sent à abrutir sans avoir éveillé sérieusement
l'attention. En quelques années nous avons subi la
tornade 68, la tornade Jeunesse, la tornade Pollution, la tornade Écologie : je ne suis pas sûr qu'il
en reste grand-chose. Les scandales : ils se sont
résorbés. On sonde, on prophétise : l'événement
arrive, dément sondages et prophéties, et passe,
— personne ne s'est ému. Si l'on dressait le bilan
de toutes les sornettes gravement débitées par la
presse, les hommes publics, les idéologues, et des
apocalypses qu'ils ont annoncées — par exemple
en quinze années —, on serait terrassé par un
immense fou rire. Il n'empêche : le tintamarre

continue, on continue de fulminer, on noircit le
trait, on enfle la voix de plus belle...

Je rêve d'un peu de silence.

On y découvrirait — dans le silence — que les
augures sont parfois passés à côté des vrais
problèmes (ah l'Énergie !...) ou, s'ils les ont posés
(la faim, la soif, la surpopulation), qu'ils ne sont
pas parvenus à y intéresser les opinions. Alors
pourquoi tant de bruit ?

La France est vide, verte, provinciale ; elle sent
le chèvrefeuille et le jambon ; vous protestez ? Je
n'y peux rien si votre cinéma ne met en scène que
des clichés. De Gaulle était un vieux nationaliste
démocrate ; la tour Maine-Montparnasse est un
joli bâtiment frotté de ciel et de nuages ; nous
sommes une des nations les plus libres du monde ;
la vie est plus douce à Paris aujourd'hui qu'il y a
dix ans : faut-il vous prêter des lunettes et une
jugeote ? Les Noirs n'ont pas mis l'Amérique à feu
et à sang et les étudiants non plus ; le dollar se
porte bien, merci... Dois-je continuer ? Je vis
depuis des années dans le brouillard et les cla-
meurs ; les promesses n'ont pas été tenues par les
honnêtes gens officiels ; les canailles patentées ne
m'ont pas détroussé ; vos parlotes m'ennuient et je
préfère jeter des cailloux pour inciter Polka à
déplacer au galop ses six kilos que menace la
gastronomie.

Idiot ?

Je ne suis pas inconscient au point de ne pas m'interroger sur ce repliement dont je me délecte. Au début je ne me suis rendu compte de rien. Je jouais à prendre mes distances. Je me savais ami des voyages, des rencontres, des bavardages, et qu'il m'était facile — ô combien ! — de me jeter aux désordres et aux mouvements. Puis, peu à peu, un engourdissement m'est venu. Le moment arriva vite où mon immobilité réelle, devenue flagrante, l'emporta de loin sur mon immobilisme de principe. Le temps d'en prendre conscience et j'étais devenu un autre homme.

Désormais les personnages nouveaux m'embêtaient, les débats d'idées m'embêtaient, la passion m'embêtait, l'inattendu m'importunait. Je pris l'habitude de détester les départs, les avions, les conversations. De préférer ma maison à celle des autres. Mon silence à leurs « échanges ». C'est au long de ces années que Polka — elle — prit

l'habitude de se loger le long de moi et se félicita
de posséder un maître aussi sédentaire.

Je me demande de plus en plus souvent, aujour-
d'hui, le sens de cette régression. (Je le dis comme
les médecins disent, parlant de certains malades :
« régression au stade oral », par exemple.) Il
s'agirait, dans mon cas, d'une redoutable facilité à
me contenter d'un état solitaire, végétatif, dont
ma tendresse pour toi dissimule en l'enjolivant la
stérilité. Je passe des heures, alors que tant de mes
amis participent à des commissions, tempêtes-de-
cervelle et autres comités de lecture ou de rédac-
tion, je passe des heures allongé sur un lit, à lire
ou à légèrement dormir, une main posée sur le
flanc pacifié de Polka. J'ai beau me faire honte,
me répéter que ce n'est pas ainsi que l'on hisse son
âme sur les sommets, le vertige du silence emporte
tout.

Bien sûr on peut compter sur moi pour fournir,
à la demande, explications et justifications. (On
en trouve quelques-unes dans cette Lettre.) Par
exemple j'exprime fort bien le désabusement, la
sagesse tard découverte mais supérieure, l'ironie
devant les vaines passions du bruit desquelles
désormais je me garde. Je trouve des mots mor-
dants pour moquer les engagements chimériques,
les frottements sociaux, les prises de parole, les
colères sublimes. Je ne respecte et goûte plus que
la retraite, et cette morale de douceur et de
bouche cousue qui m'a investi au moins autant
que je l'ai conquise.

Parfois, cependant, alors qu'une soirée s'achève à laquelle j'ai assisté plein de bonne grâce mais muet, il me vient un soupçon : « Et si j'étais simplement en train de devenir idiot ?... » Rien ne ressemble plus à la passivité stuporeuse des imbéciles que l'altière indifférence que je professe. Rien n'évoque l'égoïsme comme mon art de prendre mes distances. Et la sécheresse du cœur, et la peur des affrontements... Dans mes bras, où à force de sauts suppliants je l'ai hissée Polka accepte d'un œil patient et vieillissant l'hommage des gentillesses qu'on lui décerne. Les adieux, les bavardages d'antichambre, du moment qu'elle est installée contre ma poitrine, elle s'en fiche. Je me sens pittoresque et passablement lourdaud : le type entre deux âges, paupières ensommeillées, qui berce son teckel... Alors Polka se retourne vers moi et, parcimonieuse, grave, me fait deux ou trois lécheries de connivence : je la crois convaincue — a-t-elle tort ? — que j'appartiens un peu au règne animal.

« Gens de feuilles »

« Par état, dit Beaumarchais, les gens de feuilles sont souvent ennemis des gens de lettres. » Fait-il allusion aux empoignades professionnelles et mondaines ou à cette empoignade, autrement intéressante, qui se déchaîne à l'intérieur de chacun de nous ?... Ou qui est supposée se déchaîner, car je doute encore du bien-fondé de ce célèbre conflit entre « feuilles » et « lettres », journalisme et œuvre.

Les incursions dans la presse sont mal vues des zélateurs d'une intransigeante littérature. La presse est subalterne et sa loi, commune. Un écrivain déroge, qui se commet dans le « papier ». (A la rigueur *Le Monde* est toléré, ou tel périodique fantôme que sa pauvreté ne met plus en position de refuser, voire d'abréger, les articles qu'il publie. Mais les puissants hebdomadaires — chers pourtant, quand ils sont américains, donc discrets sur la Rive gauche, aux ténors de l'intelligentsia — condamnent leurs collaborateurs à ne plus faire partie que du second choix littéraire, celui où, comble du mauvais genre ! se recrutent souvent les familiers du succès...)

D'où viennent cette antinomie prétendue, cet antagonisme si bien orchestré ? Pas seulement du goût français pour la hiérarchie des Genres, héritée des époques classiques, furieusement réactionnaire et appauvrissante. Pas seulement de l'idée haute et privilégiée que donnèrent, de la création et de l'état littéraires, les grands bourgeois de la N.R.F. historique : Gide, Schlumberger, Martin du Gard, Proust. Artistes à gros revenus, ils eurent beau jeu.

Les époques où il fut bien vu de donner sa prose aux journaux n'ont pas changé les préjugés en la matière. Vers 1935, *Marianne, Candide, Gringoire* ne déshonoraient pas *littérairement*, même s'il arrivait aux derniers nommés de ternir le plumage d'une autre façon. Et j'ai connu vers 1950-1955 un temps où les profs en mal de chaire universitaire, de voyages payés, de sciences humaines, de centres culturels, de pétitions et de prix littéraires étaient également affamés de fourguer aux feuilles leur signature.

Il est tentant de considérer le journalisme, du point de vue de l'écrivain, avec une simplette innocence. Il serait ainsi à la création ce que la gymnastique suédoise est aux sports de compétition : entraînement, assouplissement, échauffement. Ce n'est pas faux ; c'est un peu court. Il est aussi, surtout à l'origine (vient ensuite, avec la

compétence, l'amusement), un second métier,
une source d'argent. Si l'on a la chance de n'avoir
pas la chance d'être universitaire, il faut bien
nourrir son chien. Tous les maîtres de la Nouvelle
Critique et leurs clients de revues et de cafés, si
chatouilleux en politique et experts en oukases et
dédains expéditifs, ne sont souvent, au vrai, que
des fonctionnaires : profs, « chargés de recherche », invités et pensionnés des universités améri-
caines, etc. Un sérieux confort ! Inamovibles,
irrévocables, volontiers grévistes, grands idéologues, ils se font de là-haut, à bon compte, une
image pure et dure de l'activité littéraire dont ils
ne sont que les marginaux irascibles.

Il existe finalement peu de façons, dans un
journal, d'utiliser les écrivains. Inapte au vrai
travail d'information, les horaires paresseux,
pusillanime dans le reportage, l'écrivain n'est bon
qu'à écrire des « papiers d'humeur », des chroniques (« Les palmiers de Bordighera », « Florence
revisitée ») ou des critiques. Au fond c'est là le
vrai emploi d'un littérateur dans un journal :
épouiller les autres littérateurs. Ce voluptueux
exercice, cette « correction fraternelle » sont-ils
scandaleux ?

Je ne puis donner qu'une réponse personnelle,
et celle d'un homme que l'exercice critique,
depuis des années, amuse, passionne, réveille,
torture, bref : excite terriblement. Livres, théâtre,
films : j'ai tâté de tout. Ai-je distribué des coups
injustes ? Guère plus que, dans ma peau d'auteur,

je n'en ai reçu. Non pas qu'avoir des cicatrices et des bleus ouvre droit à la férocité, ni qu'il s'établisse ainsi un douteux équilibre entre blessures reçues et blessures infligées. Mais enfin, reconnaître aux autres le droit de me juger confère une certaine liberté à mes opinions. Et bien se tenir sous le feu permet d'attendre d'autrui, quand on tient le fusil, autant d'héroïsme. Je ne suis pas mécontent, quand je dresse mes bilans, d'avoir parfois tendu la main à des auteurs qu'on laissait se noyer ; d'avoir été le premier, une fois ou l'autre, à dire la qualité d'un livre. Je suis sûr que saint Pierre, le jour venu, tiendra compte dans mon affaire de ces actions bien menées.

Si j'ai senti passer sur moi le souffle des mauvaises tentations, c'est en d'autres circonstances, en d'autres lieux. Quand justement j'ai tenté de devenir un « vrai » journaliste. Un avec de lourds salaires, des notes de frais gastronomiques, une voiture basse, des poches sous les yeux. Alors le cap a été dur à tenir. Alors j'aurais pu glisser au confortable abîme.

Comment cela ? C'est difficile à cerner. Il faudrait dire — ces réflexions ont place ici — que notre plume, à l'occasion, fait du zèle. Elle en remet, elle joue les indics, les auxiliaires dévouées. Elle prend sur elle d'écrire appuyé, d'écrire sonore et fanfaron avant qu'on ne le lui ait demandé. Elle nous précède au rendez-vous que parfois le journalisme donne à la prose épatante. Ah comme on devient verveux, alors ! Et polé-

miste, et doué, et roué, et dénicheur de formules...

Il est dur, quand on a cédé à cette langue-là,
quand on en a tiré des facéties, de l'argent, un
cynisme léger, d'y renoncer pour se remettre à
écrire calme et droit. On ne possède jamais qu'un
stylo, une encre et, si j'ose dire, un style. On ne
peut pas sans danger mortel les faire servir à des
besognes disparates.

C'est pourquoi, pour excitants que soient certains exercices journalistiques, et savoureux le
travail quotidien dans un journal — couper,
muscler, titrer, donner à un texte mou de la
vitesse et de la densité —, il faut tenir ferme sur
quelques règles. Tout journalisme qui n'est pas,
de très près, au service des œuvres et de leurs
créateurs est pour nous drogue et péril. Il faut
savoir y renoncer, retourner à ces solitudes que
j'ai tenté d'évoquer ; il faut savoir aussi que, plus
tardif sera le renoncement, plus amère paraîtra la
probité. Si l'on a, un seul jour, toléré en soi la
complaisance, la vaine et minuscule putasserie
que nous fournissent l'usage et la faiblesse, on
mettra très longtemps à en guérir.

Chienne alpiniste

Inexplicablement, tu aimes de passion la montagne. Pas question bien sûr de te la faire gravir, mais tu la dévales à merveille : tu raffoles des sentiers pentus, rocheux, tordus, dans lesquels ta conformation de basset fait de toi une manière de serpent, ou de mille-pattes, ou de longue loutre capable d'épouser chaque inégalité du sol. Tu colles aux pierres, ignores le vertige, choisis sans hésitation le meilleur chemin, l'éboulis le plus intelligent. A chaque torrent rencontré, aux cascades qui ruissellent en travers du sentier, tu réussis des prodiges d'équilibre pour descendre lapper un peu d'eau vive. Tu t'avances dans le courant, prudemment, jusqu'à profiter du frais le plus rapide, le plus limpide. Tu vas devant, toujours, et environ tous les vingt mètres tu te retournes un instant vers nous pour t'assurer que nous te suivons, que nous t'aimons. Tu guettes la parole aimable que je ne manque pas de te lancer. Après quoi tu effectues un petit demi-tour très léger,

presque un saut, chargé d'exprimer ta satisfaction
et de te remettre dans le droit chemin où tu te
lances, au trot, anguille rousse coulée entre les
herbes, petit animal partagé entre salon et forêt,
fauve miniature, fragile et féroce tout ensemble,
cossard et increvable, que de haut, parfois, un
écureuil à qui tu ressembles observe avec circons-
pection. S'il arrive que les herbes soient trop
hautes pour toi, tu te dresses un instant sur tes
postérieurs, tes pattes avant battant l'air. Dans ces
secondes-là tu es à toi-même ton propre péris-
cope. Quand tu nous as ainsi aperçus tu reprends
ta route, active, rassurée, avec une grâce véloce et
fière dont je n'arrive pas à imaginer comment les
années l'abîmeront.

Une maladie du sentiment

En certains moments de ma vie, et en certains
lieux, je me suis senti — ou cru — en état de
communion. Je n'étais plus seul, ni étranger.
Parfois privilégié, le plus souvent anonyme et
enfoncé dans la vieille matière humaine, il me
semblait comprendre quelque chose, ou avoir
quelque chose à expliquer : les deux sentiments se
confondaient.

Souvent ce sont là des souvenirs anciens. Certains remontent à mes années vingt, qui étaient
celles des lendemains de la guerre. Nous vivions
encore dans son ombre lentement dissipée.
Comme j'avais eu scrupule à entrer dans la vie, à
défaut d'injures, la bénédiction à la bouche, je
m'étais échappé — le besoin aidant — du piège
universitaire, puis, un peu plus tard, de l'appren-
tissage d'un métier comme les autres. (J'appelais
« métier comme les autres » un qui n'achetait et
vendait que de l'argent.) J'avais des délicatesses
d'âme, l'envie de me laver du péché d'exister.

Je me retrouvai ainsi — espèce de vieux séminariste laïque — dévoué à de bonnes causes. Et plus précisément à celle des réfugiés, encore si nombreux en Europe, « personnes déplacées » récupérées dans leur avance par les alliés vainqueurs, victimes d'Hitler auxquelles s'étaient mêlés pas mal de ses séides, rien, aux yeux des vainqueurs surtout, ne ressemblant plus à une victime qu'une crapule. Les D.P. [1] qui appartenaient à des nations relativement organisées, ou, comme les juifs survivants, à une communauté active et puissante, avaient été rapidement pris en charge et assimilés. Restèrent les autres, cas difficiles ou équivoques, qu'il fallut plusieurs années pour « absorber ». On ne savait jamais si tel réfugié de Hongrie, de Bulgarie, de Pologne, refusait de rentrer chez lui par détestation du communisme ou parce qu'il avait des bricoles à se reprocher. Les vieux Russes blancs enfuis de Yougoslavie ne rêvaient que de Nice ou de Paris. Les avocats de Varsovie et de Bucarest vivaient les yeux fixés sur New York. Les Américains de « Free Europe » recrutaient fiévreusement dans ce troupeau des « speakers » pour leur radio de Munich et, j'imagine, des agents pour d'autres officines et besognes. Tout cela grouillait de silences et de mensonges, de grands principes et de minuscules

1. Note pour les jeunes gens : on appela ainsi, par les initiales des mots « displaced persons », les réfugiés au long des années 1945 à 1950.

manœuvres, de grandes misères et de petits avantages.

Je vivais dans la faim perpétuelle des spectacles
et des humains, des paysages et des idées. L'Allemagne et l'Autriche occupées, le style différent de
chaque « zone », l'Italie ambiguë d'entre innocence et culpabilité, Genève où planaient les
grands patrons de nos missions, l'antichambre de
Robert Schuman où se précisait la doctrine française en la matière, Jérusalem, Bethléem où je
découvrais pêle-mêle les exaltations et les colères
dont je ne savais pas qu'un quart de siècle plus
tard notre angoisse quotidienne serait tissée, les
camps de réfugiés de Jéricho, et Le Caire, Damas,
Beyrouth, Amman où je comprenais que les
Arabes se refuseraient toujours à assimiler les
Palestiniens : l'époque et les circonstances me
fournissaient une forte pédagogie.

La guerre nous avait asphyxiés ; cette adminis-
tration de ses séquelles me rendait le droit à
l'oxygène du monde. J'apprenais la vie à travers
des souffrances auxquelles j'avais échappé. Selon
les heures j'étais indigné, chaviré, surpris, jamais
indifférent. Je classais les êtres et les idées en
catégories, bons et méchants, justes et injustes.
Consommateur et justicier à la fois, je voulais
vivre et je voulais comprendre.

Et puis il y avait le théâtre des camps...
Vieillards trop usés pour devenir bûcherons au
Canada ou bergers en Nouvelle-Zélande, dont les
enfants achetaient le droit d'émigrer en les aban-

donnant. Jolies secrétaires que déjà les « dollars d'occupation », les rayons des P.X. gorgés de marchandises et la cour que leur faisaient les fonctionnaires internationaux avaient à demi arrachées à la misère d'Europe ; elles dansaient le soir dans les mess d'officiers et guettaient l'amoureux qui ferait d'elles des riches à part entière. Paysages de Bavière ou de Carinthie, dimanches de flânerie à Vienne ou à Venise, perpétuel et obsédant frottement de la pauvreté et des privilèges, des remords et de la bonne conscience, parfums de forêts dans la montagne et parfums de mort dans les ruines des villes, vieux charme de l'Allemagne, myrtilles et sapins, blondeur, oubli... Comme la vie avait du goût !

Dans chaque expérience, alors, dans chaque colère, chaque accord ou désaccord de ma conscience avec ma besogne, je sentais peser un peu du poids de la « vie fondamentale ». (Trouvée dans *L'Espoir*, cette formule me trottait alors par la tête.) Envoyé au Proche-Orient pour m'y « occuper » des réfugiés palestiniens, je découvrais Israël, la passion juive, et aussitôt me passionnai pour elle. Payé (fort mal...) pour aider en Europe ceux qui avaient souffert de l'hitlérisme, je comprenais que l'anticommunisme était vite devenu le moteur de tout ce que nous entreprenions. Comme alors les idées étaient encore dans leur neuf, elles se heurtaient, se partageaient les têtes et les cœurs avec une brutalité revigorante. Sans doute, dans ma hâte à

« démystifier », à voir clair, à agir selon la morale et la justice, sans doute me précipitais-je vers d'autres erreurs ? Il n'importait : je n'avais pas envie de dormir.

Je me rappelle, près de Naples, le camp de Bagnoli. C'était, je crois, une ancienne école d'agronomie dont les bâtiments, des cubes mussoliniens, s'étageaient sur une colline et dominaient la mer. On apercevait, embrumés dans le bleu brûlant, Capri et Ischia. Au centre du camp, sur une place, un poteau avait été dressé, hérissé de panneaux indicateurs où étaient inscrits — un nom, un chiffre — les rêves des habitants de Bagnoli : « New York, 6 500 km ; Ottawa, 7 500 km ; Sydney, 12 000 km ; Paris, 2 300 km ; São Paulo, 8 000 km... » C'était ingénieux et dérisoire à la fois. Un matin j'assistai à l'enterrement d'un petit garçon mort dans le camp. Les pauvres vêtements de deuil, la tenue des prêtres, les chants, tout prenait sous le soleil un air de misère folklorique plus poignant. Quand le cortège traversa la place, le poteau des illusions et des espoirs fit un instant son ombre sur le petit cercueil de celui qui venait de gagner, à la loterie de ces années-là, la grande Émigration.

Sur le bord de l'allée, pendant qu'un chauffeur, en m'attendant, ouvrait les quatre portières de la station-wagon que le soleil avait transformée en four, je pleurai, derrière mes lunettes noires, sur le gosse inconnu.

Quand, vers la porte du camp, nous dûmes nous arrêter pour laisser passer la petite foule de l'enterrement, le chauffeur — un réfugié — regarda défiler tout le cortège sans rien dire. Enfin, sur un ton d'une inégalable froideur : « Des Hongrois... » murmura-t-il. Quels souvenirs d'humiliation, quelles bagarres de frontière ou de langue pouvaient nourrir tant de dureté ? Je ne le demandai pas. Je compris simplement que la haine a la peau très coriace.

Quand nous arrivâmes sur la route du littoral, notre voiture accéléra brusquement. De grands coups d'avertisseur écartaient une foule déjà vaguement africaine. Mes larmes nous avaient mis en retard : le chauffeur savait que j'étais attendu pour déjeuner au *Transatlantico*, à Santa Lucia, le restaurant préféré de ces messieurs à cause des chanteurs et des mandolines. En 1948, les fruits de mer de Santa Lucia ne donnaient pas encore le choléra.

Si j'ai évoqué ces années de l'après-guerre et raconté les obsèques du petit Hongrois, c'est à cause de mon coup de sentiment, bien entendu. Ou plus exactement à cause d'une certaine qualité d'émotion, de tendresse, dont j'avais sans le savoir perdu le goût, et qui était nécessaire à ma vie comme la chaleur et l'eau le sont aux plantes. J'avais encore, à Bagnoli — peut-être à cause de mon âge, à peine plus de vingt ans —, le naturel et le courage de mes peines, de mes colères. La sécheresse ne m'avait pas appris ses ricanements, surtout ses silences. Paris et la littérature sont des terres arides, je m'en aperçois un peu tard. Polka, c'est ici que tu es intervenue : tu m'as arraché au respect humain, à l'habitude prise de dissimuler mes états de cœur et d'âme. Aveu qui va amuser : je n'ai pleuré que trois fois depuis mes vingt ans. La première, ce fut cette aube de l'été 47 où je sus que M. était pour moi perdue. La seconde, sous le soleil de Naples, à midi, au pied du poteau aux noms des capitales lointaines. La plus récente, cette nuit de 1967 où je te retrouvai, à demi paralysée et levant vers moi la détresse insoutenable de tes yeux.

Voilà ce dont je te suis reconnaissant : tu as fertilisé ce cœur où tout poussait de plus en plus mal. Tu m'as rendu à la liberté de ressentir des émotions et à l'audace de les montrer. Tu m'as refait un peu plus humain que je n'étais devenu.

Il m'est arrivé, pour le raconter, de transposer dans un livre cet épisode de ta maladie[1]. Je ne reviendrai pas là-dessus. N'aurais-je pas peur,

1. *Le Maître de maison*, Grasset, 1968.

d'ailleurs, de céder à trop d'attendrissement ? Il
était plus facile de faire cadeau de mon angoisse à
un personnage que de l'assumer, visage découvert, avec naturel. Un personnage — celui dont il
s'agissait surtout — c'est excessif, c'est « romanes-
que ». On le fait sans grand scrupule crier et
gémir. Pourtant mon sentiment est plus violent,
plus impulsif et irraisonné que tout ce que j'oserais jamais mettre dans le cœur d'un héros
inventé.

Quand tu n'étais qu'un chiot depuis peu installé
dans la maison et que je n'étais pas encore
accoutumé à ta présence, il m'arrivait d'avoir
soudain le cœur creusé d'une insupportable
anxiété : l'image venait de m'atteindre, de ton
corps happé par une voiture, ou de voyous
s'acharnant contre toi comme on le lit parfois dans
les faits divers, — récits ignobles auxquels certains
se complaisent. Je te voyais, tenue d'une laisse
trop lâche, écrasée à mes pieds alors que je
m'apprêtais à traverser une rue. Je voyais se
produire un accident de voiture où, éjectée,
projetée dans un champ, assommée de bruit et
peut-être de douleur, tu profitais de mon éva-
nouissement pour t'enfuir à travers la campagne,
folle, éperdue, destinée à périr de peur et de
solitude ou à te faire lapider. Je n'y pouvais rien :
les visions se succédaient, toutes malsaines, toutes
outrageantes, et me laissaient, au milieu de la nuit
ou dans la solitude du travail, en proie à un
malaise sans remède.

Cette image de l'accident, surtout, me harcelait. Le souvenir de certaine nuit de décembre, il y a un quart de siècle, où la voiture qui me ramenait d'Allemagne avait tangué sur la neige d'une route lorraine, où je m'étais retrouvé, allongé dans les labours gelés, inexplicablement expulsé du véhicule à la portière arrachée, — ce souvenir nourrissait mon obsession de sensations précises.

Il est arrivé d'autres fois que tu te blesses, qu'il faille t'opérer, ou qu'une rechute de myélite te rendît pour quelques jours à la misère des gestes entravés, de la démarche traînante. A chaque épisode mon désarroi revenait, aussi spectaculaire. Je me maudissais tout ensemble de m'être trop attaché à toi et de t'avoir négligée, mal surveillée, abandonnée à d'autres soins que les miens. Ce jour surtout où, comme on t'avait anesthésiée totalement pour réparer le coussinet déchiré d'une de tes pattes, le vétérinaire te rendit à moi, l'intervention terminée, posée sur une couverture, petite loque animale secouée de spasmes, les yeux révulsés, la langue bleuie, pendante, qu'il fallait saisir entre deux doigts et tirer de côté entre tes dents pour t'éviter l'étouffement. Nous étions au Lossan. Nous revînmes lentement d'Uzès. Je te déposai sous le billard — là où tu me rapportais tes lézards déchiquetés — matelassée de coussins, et j'attendis ton réveil. « Ne vous inquiétez pas, m'avait dit le vétérinaire, c'est impressionnant, leur réveil... Les fonctions motri-

ces reviennent avant la vision... Alors surveillez-
la ! »

Sous l'énorme meuble tu sursautais, tu gémissais. Tous les quarts d'heure j'humectais ta langue
avec un coton imbibé d'eau. Bien plus tôt que
prévu, tu commenças à lutter contre la torpeur, à
tenter de glisser de ton coussin. Si tu ne voyais
pas, tu entendais, et tu tournais vers nos voix tes
efforts absurdes pour te traîner, tes sursauts, ton
museau aux yeux morts. Quand vint le soir, tu
avais presque retrouvé ton état normal. Cependant, encore abrutie, la patte bandée, tu étais
incapable de sauter sur mon lit ou d'en descendre,
mais assez éveillée pour exiger d'y être installée.
De sorte que je passai la nuit à te surveiller,
redoutant de m'endormir et que tu pusses tomber,
risquant sans cesse, dans mon effort pour te
garder et résister au sommeil, de rouler au
contraire sur toi et de te meurtrir.

(Au moment où j'écris ceci, en Normandie,
devant la fenêtre ouverte sur la mer, le soir tombe
et la plage à marée basse est déserte. Ne la
traversent, lentement, qu'un homme et son chien.
L'homme est vieux, le chien n'a pas six mois. Je
vois sa silhouette maigre, je devine ses envies de
sauter, et qu'il a des jeux plein les pattes. Mais son
maître — il est vêtu en marin — le tient au bout
d'une corde sur laquelle il tire à coups secs,
méchants, pour rien, dans l'illusion de quelque
dressage, essayant d'imposer au jeune fou une
allure compassée et militaire. De loin je crois

comprendre qu'il crie. Il lève la main. Il donne parfois un coup de pied dans le flanc du chien qui, bravement, bat encore de la queue en l'honneur de sa pauvre charogne de patron...)

Je me suis souvent demandé, au long des insomnies, quand j'écoute ta respiration, quand tu pèses de tout ton abandon sur ma jambe ou mon dos, ou lors de ces quelques nuits blanches passées à te veiller, je me suis demandé ce que signifient cet excès de ma tendresse pour toi, cette peur viscérale de te voir souffrir ou de te sentir menacée. « Fertiliser le cœur », c'est vite dit. Je tourne autour de cette espèce de maladie du sentiment sans parvenir à l'expliquer. Seules peuvent évoquer mon angoisse à ton endroit celles qu'il m'arriva de ressentir à imaginer mes enfants blessés, humiliés dans leur chair, ou la maladie et la mort d'une femme aimée. J'insiste là-dessus : il s'agit de la même qualité de sentiment. Je n'établis pas une hiérarchie entre ce que les humains éveillent en moi de compassion ou de tendresse, et ce que j'essaie d'expliquer ici te concernant. Le ferais-je, je mentirais, puisque c'est cette similitude des angoisses, cette ressemblance entre des amours réputés différents que je voudrais, les soulignant, les approfondissant, expliquer. Je n'y arriverai pas, je commence à le savoir. Au moins serais-je heureux si j'allégeais les scrupules de quelques-uns de ceux qui, comme moi, feignent de s'inquiéter de leur attachement à tes copains alors qu'il les émerveille.

Les chiens de taxi

On ne les découvre qu'après s'être installé. On sent comme une attention tendue, une présence et, si j'ose dire, des oreilles dressées. Alors on se penche et on les voit, en général arrondis sur des couvertures effrangées, miteuses, sales en proportion inverse de la propreté de la voiture. Ils grognent rarement, à l'exception des fois où tu es dans mes bras, auquel cas le chauffeur le plus souvent m'avertit avant que je ne monte, soit qu'il ait plaisir à organiser l'amorce d'un chenil roulant, soit qu'il me mette en garde contre la susceptibilité de son compagnon, soit encore qu'il se renseigne sur ton sexe et ton caractère. Il faut le confesser : tu n'aimes guère rencontrer un berger géant dans les taxis où je t'entraîne, non plus qu'une demoiselle caniche dont tu détestes la race, le style, les facéties pointues et cocasses. Il vaut souvent mieux renoncer. Aussi ces considérations sur les chiens de taxi appartiennent-elles plutôt à mes courses solitaires.

Tu es pourtant présente, par ton odeur qui

vraisemblablement imprègne mes vêtements,
puisque toujours les voisins du chauffeur se dressent et, encolure tendue, truffe palpitante, déci-
dent de me rendre visite. Je les accueille volontiers, au risque de m'empoiler le veston, car les
chiens de taxi, sans doute victimes de la claustration ou de quelque avitaminose consécutive à la
pollution urbaine, ont des robes d'effeuilleuse. (A
mon retour à la maison tu flaires suspicieusement
les effluves de mon infidélité...)

Les patrons des chiens de taxi racontent leur
vie. Ce sont en général de grands sentimentaux.
Leur situation dans le dialogue chauffeur-client
(regard fixé sur la rue malgré les coups d'œil dans
le rétroviseur, dos tourné) leur donne à la fois
naturel et impudeur. Ils osent dire les choses. Ces
choses vont des affaires de cœur (« Moi, monsieur, s'il me voit partir sans l'emmener il me fait
une crise d'eczéma... ») à des indications de
régime, d'horaires, de sociologie animale. Il n'est
jamais question de garde ni de défense : les loups
les plus musculeux, lustrés et mordeurs sont lovés
là pour l'amitié, non pour égorger le voleur.

Les patrons des chiens de taxi sont des humains
libres, narquois, subtilement anarchistes, insensi-
bles aux mots d'ordre du temps. Le plus souvent
« artisans », propriétaires de leur voiture, ils ont
dépassé la quarantaine et ne lisent pas de feuilles
furibondes. Et même pas de feuille du tout. Là où
dans d'autres voitures se froisse *Le Parisien libéré*
ou *L'Aurore*, chez eux soupire et se tasse un

tendre ébouriffé aux yeux quêteurs. Ils sont des
chauffeurs différents de leurs collègues parce
qu'ils doivent, eux, demeurer attentifs aux squa-
res, aux quais de la Seine, aux tas de sable, à la
proximité des bois de Boulogne et de Vincennes,
tous lieux auprès desquels il convient qu'ils s'arrê-
tent parfois afin d'offrir un peu d'hygiène à leur
compagnon. Un homme qui roule son boulot
quotidien avec un œil tourné vers les arbres est
différent des autres hommes. Forcément. (Ce
n'est pas un jugement de valeur.) Les patrons de
chiens de taxi usent d'un vocabulaire et, pour le
nourrir, d'une psychologie si proches des miens
que je suis dans l'instant à l'aise avec eux : à ma
main, à mes mots. Voyager dans leur voiture est
une de ces fêtes fugaces et douces comme la vie
n'en offre plus tellement. Accoutumés au défilé
fiévreux, languide, anonyme ou folichon des
humains, les chiens de taxi ont acquis une philoso-
phie. Ils ont l'attention mouvante mais la
mâchoire paresseuse, volontiers posée sur le skaï
du dossier. Vifs mais cossards, ils suivent les
éphémères voisins de l'arrière d'un œil circonspect, brun perdu dans le blanc, et, si d'aventure je
suis parvenu à éveiller leur sympathie, ils me
laissent cependant quitter la voiture avec un doux
fatalisme que j'ai appris à aimer.

Un lien banal

Rien ne m'amuse comme le dédain où l'on tient
mon attachement pour toi. Aimer son chien : y a-
t-il rien de plus banal au monde, de plus plat ? Les
vieux désœuvrés, les vicomtes cynégétiques, les
antiquaires délicats, les dames pour salon de thé :
tous aiment leur chien. Les pauvres et les riches,
les protecteurs de corniauds comme les maniaques
du pedigree. Seuls, je crois, les paysans échappent
à cette loi du cœur sur la patte. Et quelques
banlieusards recuits de misanthropie.

Je l'avoue : je ne déteste pas l'impression de
ressembler à mes voisins. De même, au Lossan,
quand je bavarde avec les gens du village, je suis
ravi de pouvoir leur parler — et qu'ils me répon-
dent — de la soirée de télévision de la veille. Je
détesterais alors « cultiver ma différence » et
autres niaiseries. Les chiens, c'est un peu ça. Je
passerais souvent sans les voir devant des êtres,
assis par exemple sur un banc, dont rien dans leur
aspect ne m'attirerait auprès d'eux, n'était le

superbe copain assis à leur côté. Que de vieilles
mécaniques humaines, si fatiguées, trouvent le
goût et la force de nourrir, lustrer, promener,
aimer un chien : voilà qui m'émerveille. Je m'approche, on parle, je caresse : un courant de vie
passe entre nous trois, selon la règle immuable du
triangle, qui veut qu'un chien de qualité soit le
meilleur ambassadeur entre deux humains étrangers. Son maître, confiant dans la célèbre intuition
canine, sait qu'il peut rendre le salut. Ainsi chacun
garantit en quelque sorte la qualité des deux
autres et il se passe, ô surprise ! quelque chose
d'honorable, au bord d'une rue, entre des inconnus. J'aime qu'un sentiment banal réussisse à
imposer cet armistice dans la guerre perpétuelle
que nous nous livrons les uns aux autres. J'aime
que soient parfois soulignées les similitudes. J'en
ai ma claque des êtres tellement singuliers, tellement fins, les poignets fragiles comme du verre
filé, et l'âme ! que faire n'importe quoi comme
tout le monde les leur briserait : l'âme, l'os.

Notre meute

Peut-être ne le savais-je pas et l'ai-je découvert
en l'écrivant : je ne pourrais plus aimer une
ennemie des chiens. Et pas même ennemie : une
indifférente. Je ne tolère pas la neutralité dans
cette affaire.

Il y a sept ou huit ans, travaillant à une histoire
qui devait devenir *Le Maître de maison*, je me
rappelle cette fin de matinée au Lossan où,
immobile derrière la porte vitrée de la tour, je te
vis qui accueillais Geneviève. C'était la plus
banale, la plus quotidienne des scènes, chaque
jour répétée, et parfois plusieurs fois le jour. Mais
ce matin-là, Dieu sait pourquoi, *je la vis*, et dans le
même instant je saisis le secret qu'elle contenait.
Je recopie cette page d'un livre déjà ancien, non
par vanité d'auteur mais parce qu'elle a place ici et
que je n'apprécierais guère l'exercice d'écrire
autrement un texte déjà fixé en moi.

 « *La fenêtre est ouverte, tu ne me vois pas, tu*

*ignores même que je suis ici. Tu es assise sur un des
bancs de pierre. Tu reviens de la ville. Polka est
montée, en deux bonds, sur la table. Elle ne t'a pas
vue depuis deux heures et tu as droit à une
démonstration de gémissements, assauts tendres,
lécheries — tout cela dans l'effervescence de son
sentiment, qui est extrême. Elle est parvenue à saisir
ton visage entre ses deux pattes et, dressée, t'em-
brasse les yeux et le nez. La passivité conciliante
avec quoi tu te livres à ce grand amour, loin de
l'apaiser, l'enfièvre. La chienne jappe, au
paroxysme dirait-on de la joie. Toi, tu t'es composé
le visage que tu prends dans ces cas-là : rieur mais
circonspect (sans quoi Polka te lécherait bientôt la
langue). Après quoi tu essaies de reprendre un peu
tes distances, te lèves. Alors Polka s'affole,
s'élance, supplie, cherche son élan et va risquer un
saut tout à fait déraisonnable ! Tu reviens donc, la
saisis à bras-le-corps et l'installes le long de toi, sur
ton épaule, sa truffe à la hauteur de ton oreille. Et
tu lui parles. Elle gémit encore, mais déjà ses yeux
fous s'apaisent, ses coups de langue inattendus
deviennent comme des répliques dans votre dialogue. Tu lui parles chien. Tu inventes pour elle ces
douceurs qui m'émerveillent, un peu déchirantes
comme toutes les paroles humaines adressées à des
animaux, mais si tendres, solennelles, joueuses que
je suis sûr qu'y passe le meilleur de toi, ta gaieté la
plus gratuite et désarmée. Tu es très belle ainsi,
dans le soleil, parlant à mi-voix, caressant Polka de
la tempe. Je voudrais que la scène durât très*

longtemps. *Elle contient tout ce qui me touche au monde : innocence, jeu, fragilité. Un jour viendra où ces deux ou trois minutes surgiront peut-être, pour l'un de nous, d'un abîme de détresse et d'oubli : parce que, ainsi ou autrement, la mort sera passée ; parce que ton visage aura perdu la clarté que bientôt quarante années lui ont laissée ; parce que le Lossan, ou les enfants... Oh! cette ruine quoi! cette horreur de tout qui nous guette, et la patience du temps à nous détruire... Tu vois, c'est difficile à traverser, deux ou trois minutes de joie, c'est plein d'embûches et d'images. Tant pis, je te regarde encore. Je me gorge de cet instantané de toi, que j'essaie d'enfoncer dans ma mémoire : de toi maintenant accroupie sur le gravier, encourageant du geste et de la voix Polka à creuser un trou, et riant, de sorte que l'enfance en toi préservée, son animalité, sa camaraderie avec les humilités de la vie, règnent sur cet instant comme elles n'ont jamais cessé de régner en toi, et donnent au bonheur que je viens, derrière ma fenêtre, de dérober au temps, ses couleurs de printemps sans fin et ses rires. »*

Passé l'effusion, je ne sais par quel bout saisir mon sujet. Je voudrais dire de quelle façon, entre Geneviève et moi, tu es une sorte de gaîté partagée, une preuve que tu administres à chacun de nous de l'identité de l'autre. Est-il possible que dans un couple on se dise : « Ton sale cabot... tes chats... » (Il est vrai qu'on dit volontiers « ta fille », « tes enfants », quand le ciel s'obscurcit...)

Je ne prends pas n'importe quelle niaiserie
lécheuse ou zézayante pour argent comptant. Il
existe certaine stupidité du langage, retenue mala-
droite de la main, peur des solides embrassades à
quoi se reconnaît la comédie. Ces gens-là ne
t'aiment pas. Parler chien, jouer chien supposent
des doses honorables de naturel et de sérieux. Peu
de femmes y excellent, et ce sont presque toujours
les plus douées pour l'enfance et l'amitié. Il peut
arriver qu'un peu de feinte rudesse nuance la
douceur : tu ne t'y trompes pas, non plus que tes
copains, et vous aimez vous faire secouer, houspil-
ler, injurier si c'est avec considération.

Remarque bien que je me méfie du genre
amazone. Telle figure de proue suceuse de bleu et
décapoteuse de cabriolets est plus redoutable aux
tiens que les fanatiques de dressage. Le rapport
femme-chien, si classique, doit être considéré avec
prudence. Avant guerre on subissait les morues de
concours d'élégance automobile, fiancées pour la
circonstance à un coupé Hotchkiss et à un afghan
pâle. Ne pas se fier non plus aux promeneuses
d'après-midi, qui tirent une petite chose à la laisse
entortillée dans les pattes de boutique en vitrine.
Ni aux écervelées qui ne comprennent jamais quel
bref aboiement signifie « j'ai soif » ni quelle
soudaine démonstration veut clairement dire :
« Quand se tire-t-on ? »

En revanche on peut faire confiance à ces
couples bon genre, souvent aperçus en voiture :
femme et chien assis côte à côte, regards parallè-

les, dont souvent l'élément canin est un cocker, un
setter, parfois un gros poilu de berger. A la dignité
tranquille et attentive du chien — de quel œil il
observe la route ! — on devine la qualité du
rapport. A ces femmes-là on peut adresser la
parole, rendre ou demander un service : le matériau est bon.

Pour ta part, il faut le reconnaître, tu es mieux à
ta patte avec les messieurs. Chienne, tu es une
terrible flaireuse de pantalons. Tu essaies parfois
de me rendre jaloux en t'installant avec toutes les
apparences de la satisfaction sur des cuisses autant
dire inconnues. Mais je ne suis pas si sot et je tire,
de ton comportement, des conclusions favorables
à ton nouvel ami plutôt que défavorables à toi.
S'agissant des personnes du sexe tu es plus réti-
cente encore que moi.

La passion qui t'attache à Geneviève, complé-
mentaire de celle qui me lie à toi, est devenue
depuis huit années un des éléments stables et un
peu vertigineux de notre couple. (Je veux dire du
couple que je forme avec Geneviève...) Je ne me
lasse pas de voir et d'écouter ma femme entretenir
avec toi ses rapports. Elle te parle avec une
familiarité un peu râpeuse mais très compréhen-
sive. Elle n'est pas dupe de tes ruses ni de tes
excès d'appétit. Elle sait t'imposer silence en
voiture, te faire absorber tes médicaments, te
calmer chez le vétérinaire dans tes pires accès de
démence. Elle est vis-à-vis de toi une de ces
bourgeoises de M. Guizot qui tenaient d'une main

ferme les maisonnées. Elle est, dans notre trio, la raison.

Mais pas seulement la raison, puisqu'elle sait mener avec toi des conversations, et te traiter avec le mélange de déférence et de gaîté qui, s'agissant des chiens, est la marque de son génie. (Je dis « les chiens » puisque c'est à toi que je m'adresse. Mais je l'ai vue souvent agir envers les ânes, les vaches, les tortues, les chevaux, les moutons, les souris blanches avec tout autant de savoir-vivre.)

Péripétie inexplicable dans votre amitié, à elle et à toi, tu lui es rétive en une seule occasion, mais alors là avec emportement : quand je travaille, que tu es couchée dans le bureau — le plus souvent par terre, à un petit mètre de mes pieds, selon tes usages — et que Geneviève vient te chercher pour une promenade. Elle est plus nomade que moi et tu aurais intérêt à l'accompagner. D'autant plus qu'elle est attentive à tes goûts et ne t'impose jamais de marches citadines intempestives, de trottoirs mouillés, mais veille à ne t'offrir, en dehors de sa voiture, que moquettes ou banquettes sur lesquelles elle abandonne volontiers son manteau à tes angoisses. Or, tu refuses.

A peine entre-t-elle chez moi que tu te coules le long de mes jambes, façon chat, puis te couches à mes pieds, adossée, accrochée, accolée à moi comme une demeure troglodyte à sa falaise. Si je te regarde tu lèves vers moi des yeux implorants ; tu ne comprends pas que je t'abandonne ; tu gémis, tu grognes, tu hérisses ta crête, tu lèves la babine et montres les dents. Mieux : tu feins de mordre. Cent fois, toi, la tendre folle, la fanatique de caresses et d'amour, tu as donné à Geneviève un (faux) coup de dent lorsqu'elle avait l'audace de t'arracher à moi pour t'emmener trotter au Bois. Il t'est même arrivé — soyons honnête — de la mordre pour de vrai. Après quoi tu la prenais dans tes pattes et la léchais avec élan, l'œil innocent. Tu exiges, pour ces départs en promenade, d'être placée par mes soins dans les bras de Geneviève. Quand tu es installée là, si je m'avise de te faire un adieu un peu sensible, tu détournes de moi gueule et regard. Si un instant on te perd de vue, ou lâche ta laisse, tu reviens vers moi au galop et reprends ta place sous ma table, aussi héroïque et prête à toutes les résistances que le lion de M. Bartholdi place Denfert-Rochereau.

Je ne vois pas là un trait de caractère qui te serait particulier, ni la démonstration d'un surplus d'amitié à mon endroit, mais un réflexe atavique : ta paix et ta joie exigent le rassemblement de la meute. Tu n'éprouves de sécurité, c'est visible, qu'à nous voir — au sens juste du mot — rameutés. Tu as fait tienne notre famille et tu n'en supportes pas la perpétuelle dislocation. Seuls certains matins dominicaux à Saint-Cloud, ou certains jours de vacances, au chalet, quand enfin nous sommes tous réunis et que des amis se sont même joints à nous, t'apportent le bonheur. On le sent à ta robe plus lustrée, à tes yeux pacifiés, aux battements vifs de ta queue, à quelque chose de

délibéré et d'allègre dans le trot qui te mène d'un
canapé à un lit, de la terrasse au chemin, voire —
audace rare — aux confins de la forêt.

Une silhouette

Mais enfin de qui parlez-vous, de quoi ?

De ce grand type un peu flapi, là-bas, bien mis, arrondi de partout, qui tient en laisse une petite chose remuante. Il n'arrive pas à aller d'un pas normal : la chose flaire, frétille, suit voluptueusement de la truffe les coulées de pisse citadine, lève la patte ou s'accroupit, escalade un tas de sable. Alors l'homme — il doit être directeur de quelque chose, à coup sûr père de famille, il donne des ordres, prend les décisions, son comité d'entreprise lui cause bien du souci —, alors l'homme s'arrête, il attend. Parfois il lève le nez, prodigieusement désinvolte. Mais la chose a tôt fait de le tirailler, d'exiger une marche arrière, bras tendu. Parfois, il assume la difficulté de la situation : vous le voyez penché vers le trottoir, bonhomme ; si vous passiez à côté de lui vous pourriez l'entendre murmurer des douceurs tutoyeuses, arrangeantes, grondeuses, extraordinairement intimes ou complices. Des mots qui ne lui avaient plus

servi depuis ces années — était-ce en 50, en 51 ? —
où vagissait chez lui un nouveau-né, et d'abord il
s'était insurgé, la nausée le prenait de ces odeurs
de suri, de ces linges souillés, l'appartement
occupé comme par une armée, son épouse dont le
corps s'était affadi, embué, avait perdu ses points
de fixation. Mais quand la tendresse revenait le
jeune homme faisait effort. Il adaptait tant bien
que mal son vocabulaire. Il bêtifiait avec les
autres. Il affectait ses mots et ses sentiments du
coefficient de rapetissement et d'attendrissement
qu'exigeait l'arithmétique familiale. Mais qu'on
ne comptât pourtant pas sur lui pour les corvées,
les pesées, les déshabillages hygiéniques, la petite
boule blonde à deux bras brandie, les câlins, les
zozotements, les baisers. Il jouait les pères du
bout des lèvres. C'était à prendre ou à laisser,
excusez-le, question de naturel. Bien entendu il
serait aujourd'hui le premier surpris si vous veniez
lui parler de tout cela. Vingt ans, ou à peu près : il
considère qu'il a été un père des plus ordinaires.
Oui, justement. Enfin, je veux dire comme tout le
monde, ni plus ni moins ému qu'un autre. Correct, en somme. Oui, c'est cela, correct.

   D'où lui viennent donc ces patiences, ces encou-
ragements dits à mi-voix ? Lui qui jamais ne
promena ses enfants, d'où lui vient l'usage de ce
parc où il lambine derrière un flaireur affairé ?

   Ah pour une silhouette, c'en est une ! Le lourd
bourgeois au front plein de pensées et d'additions,
Médor au bout d'une laisse bon chic, tressée,

cloutée, sur fond de jardin à la française. Voilà à
quoi je ressemble. Des jeunes gens passent en
voiture et je croise leurs regards. Amusés. Api-
toyés. Leurs lèvres derrière les vitres, on devine
les mots... Ou parfois, dans quelque lieu public,
restaurant, gare, ou si Polka m'a escaladé alors
que je suis au volant, devant un feu rouge, et
qu'elle m'enlace — de cette façon que j'ai dite,
une patte retenant ma joue de se détourner, la
langue allègre et besogneuse —, je croise des yeux
pleins de répugnance. Ou narquois. Ou d'autres
mouillés, éperdus — pour un peu on se lèverait,
on viendrait me faire la conversation, me soutirer
des secrets d'âge, de sexe, de régime alimentaire,
d'affection. Je détourne la tête.

Saint François, bien sûr !

Dans cette sensation d'appauvrissement où je
vis depuis quelques années — appauvrissement
qu'il serait politique, je le sens bien, de passer
sous silence, mais comment taire une anxiété aussi
familière ? — quelque effet de flou et de grossisse-
ment me fait accorder de plus en plus d'importance aux années lointaines. A tort ou à raison je
majore les aventures de mon enfance et de ma
jeunesse. Inerte ou destructrice en ce qui touche
aux événements récents (à moins qu'elle ne
retienne d'eux que des squelettes de faits, une
chronologie sans animation ni personnages), ma
mémoire redevient active dès qu'il s'agit de ravi-
ver des souvenirs d'il y a vingt ou trente ans.
Alors, c'était vivant. Alors je mordais, je brûlais.
Sans doute cet embellissement du passé ancien au
détriment du plus récent est-il une expérience
banale. Elle se complique, me semble-t-il, de la
certitude où je vis de n'engranger aujourd'hui
pour aucun avenir. Je vois mal quelle alchimie

pourra demain faire de mon présent un matériau
propice au plaisir de me souvenir. Je ne suis pas
sûr que la sauvagerie silencieuse dont je prétends
qu'elle me comble, et dans quoi je m'enfonce, ne
soit pas seulement un traquenard tendu par le
vieillissement et la peur des compétitions.

Aimais-je les chiens, il y a un quart de siècle ?
Marié, je n'avais pas encore d'enfant. La vie était
à la fois fixée et fluide. Nous étions de ces gens qui
prennent leurs repas au restaurant. L'idée de
m' « encombrer » me terrorisait, moi qui m'étais
jeté dans les promesses exaltées et enfantines du
mariage. Un mariage « précoce » comme on
disait alors et comme c'était la mode. Sans doute
avais-je le cœur assez contraint.

La Noël 1949, qui était la première fin d'année
que j'aurais dû passer avec la jeune femme
épousée en août, je ne sus pas résister à la
proposition de partir sans elle pour la Palestine. Je
l'abandonnai à je ne sais plus quel voyage en
Toscane qu'elle fit avec un benêt, muflerie qu'elle
eut l'élégance de ne pas me reprocher.

On disait encore la « Palestine ». (Peut-être les
souvenirs de ce temps et de ce pays-là ne me
harcèleraient-ils pas si l'on ne se battait pas ces
semaines-ci sur le Golan, et si la crainte ne
m'habitait pas de voir Israël subir, un jour ou
l'autre, un sort funeste.)

J'avais été présenté, à Paris, au professeur
Massignon. Dans le froid de décembre, il portait
un béret basque qu'il enfonçait jusqu'aux yeux

sans parvenir à enlaidir un visage admirable de
maigreur et d'ironique passion. Je ne sais plus si
c'est en Égypte ou en Palestine que nous le
retrouvâmes. Plusieurs scènes se fondent sans
doute en deux qui émergent, hors du temps,
inaltérées.

La première prend place la nuit de Noël. Nous
étions hébergés dans de petites cellules de l'hôpi-
tal français de Bethléem. Il faisait très froid. Des
poêles à pétrole répandaient une chaleur modeste
et comme un parfum du XIXe siècle. Je ne sais plus
comment nous nous retrouvâmes seuls, après le
dîner, Louis Massignon et moi, ni comment je fus
choisi par lui pour l'accompagner à la basilique de
la Nativité pour l'office de la nuit. Mais j'ai l'air,
et j'ai tort, de donner à cette compagnie l'allure
d'un privilège alors que la modestie de l'homme et
sa délicatesse étaient telles qu'il sut, au contraire,
me donner l'impression que j'étais bien aimable,
moi, de lui tenir compagnie.

Il y avait foule. Pas de pèlerins-touristes, bien
sûr, si peu de mois après le cessez-le-feu, mais
tous les chrétiens locaux, et le surprenant ramassis
des fonctionnaires internationaux, membres des
commissions d'armistice, œuvres de secours, orga-
nismes de charité onusiens, etc. Tous ces gens-là
— anguleuses blondes à lunettes ou quakers vêtus
de candeur et de peau rose — se dressaient au-
dessus des autres têtes, s'accrochaient, grimpaient
sur les bancs ; on entendait l'incessant grésille-
ment des caméras et l'on prenait dans les yeux les

flashes des appareils de photo. Chaque rite ayant
droit d'officier un certain temps dans la crypte,
réputée être la crèche où naquit Jésus, tout se
passait dans un prodigieux désordre de proces-
sions adverses, chants, sonneries de clochette,
coups de crosse épiscopale sur les dalles, sournoi-
ses bousculades, prouesses vocales destinées à
couvrir les cantiques des Églises rivales. Les
gendarmes jordaniens, musulmans habillés en
bobbies britanniques mais aux casques surmontés
d'une pointe très prussienne, la mitraillette sous le
bras, disciplinaient rudement ces débordements
chrétiens.

Ahuri par le bruit, un peu tourneboulé par les
ors byzantins, les parfums d'encens, les chants
alternés en latin, slavon, araméen, grec, arabe, je
suivis Massignon qui, d'une inflexible politesse, se
frayait un chemin vers le lieu de la basilique où il
avait intention de se placer. Quand nous y fûmes,
indifférent au brouhaha et à la bousculade de
kermesse, il s'agenouilla, vêtu de noir, à même la
pierre, sortit de sa poche un crucifix, le posa sur
une dalle et se prosterna de telle sorte que son
front vint toucher la croix d'argent.

Les minutes, puis les quarts d'heure passèrent.
Autour de nous — j'étais resté debout, immobile,
à deux pas de mon compagnon — la foule
s'ouvrait comme une rivière quand elle rencontre
la pile d'un pont. Je devinais des regards interlo-
qués, des visages méfiants ou vaguement choqués.
Puis les gens passaient, dans le lent piétinement et

le umulte de cette nuit-là. Tout cela dura très longtemps. Quand soudain Massignon se releva — il ramassa le crucifix qu'il baisa rapidement avant de le remettre dans sa poche — je lui vis un visage extraordinaire : ravi, absent, brillant de larmes. Il me prit légèrement par le bras et m'entraîna hors de la basilique.

La nuit, pleine d'eau deux heures auparavant, s'était refroidie encore mais éclaircie. Nous nous écartâmes de la place encombrée, bordée de commerces pieux, pour nous engager au hasard des ruelles sinueuses entre les maisons de pierre rose et les murets. Les villages de Judée ressemblent à ceux des îles grecques, posés dans des paysages de haute Provence. Le caillou était dur sous nos semelles, incertain le chemin. On entendait braire des ânes dans les étables. Des morceaux de ciel s'ouvraient, où brillaient les étoiles. Massignon parlait. A la fois à moi et à personne, pour moi et pour lui. Il marchait, tête baissée, rapide, la voix insistante et douce. Il tentait de m'expliquer le lieu et ses dimensions secrètes, ce qui brûlait de feu profond sous les cendres du désordre et de la niaiserie que nous venions de subir. Son discours, parfois, passait au-dessus de ma tête parce que mon interlocuteur supposait pour moi résolus trop de problèmes que je m'étais à peine ou jamais posés. Parfois, au contraire, il touchait en moi au plus vif, au plus obscur, avec une tendre et inoubliable cruauté.

Quelques jours plus tard nous nous retrouvâmes au Caire. Louis Massignon m'avait fait inviter chez les sœurs Kahil, familières ou cousines du roi, je ne sais plus, en tout cas des personnages à la Cour bien que chrétiennes, l'une d'elles étant la présidente du Croissant-Rouge, la Croix-Rouge égyptienne.

Les sœurs Kahil habitaient à Zamalek un vaste hôtel 1900 qui n'eût pas été dépaysé à Neuilly ou au Ranelagh. Une nuée de domestiques les servaient, que dans quelques jours la fête du Mouloud allait disperser pour une nuit dans la ferveur un peu hystérique des danses et des litanies des congrégations. Le soir nous étions toujours quinze ou vingt à dîner, des pères blancs en robe, le prieur général des Petits frères et Petites sœurs de Foucauld en blouson prolétarien, les femmes en peau, les messieurs en cravate noire. La conversation sautait de l'arabe au français, de l'anglais à l'italien ou au grec. Rien de tout cela ne me paraissait tout à fait réel.

Le soir du 31 décembre, les prêtres catholiques ayant reçu de Rome l'autorisation de dire une messe de minuit — l'Église alors n'était pas aussi libérale qu'aujourd'hui —, il fut décidé que le père Voillaume la célébrerait dans une communauté de religieuses assez voisine de la maison. Comme cette communauté ne possédait pas de chapelle, notre ami emporta sa valise-autel.

Je me rappelle cette messe de Saint-Sylvestre parce que, ma foi d'alors étant chancelante, ce fut la dernière occasion pour moi de communier. Il y avait longtemps déjà que je m'étais, comme on dit, « éloigné des sacrements ». Cette nuit-là, sans avoir prémédité mon geste, sans confession préalable et au risque de me trouver « en état de péché », je me levai au moment de la communion et me joignis à presque tous les assistants et aux religieuses.

Dans la nuit, comme nous revenions à pied vers la maison de Zamalek, petit groupe dans le silence et la nuit tiède du Caire, je me rappelle que Massignon et moi nous nous disputâmes la peine et l'honneur de porter la valise-autel que le père Voillaume, fatigué, peinait visiblement à conserver. Ce fut Massignon, avec sa frêle obstination, qui l'emporta. Il prit ainsi la tête de notre troupe, alerte, absent — sans cesser cependant de me parler, reprenant ses thèmes de la nuit de Noël —, et je me rappelle comment, au moment où il me prenait des mains la valise, il retira d'un geste son éternel béret.

De son monologue je me rappelle seulement le mot « douceur », et la façon qu'il avait de le prononcer.

Le Proche-Orient chrétien regorgeait alors de franciscains. Je ne les tenais pas en grande

estime : trop onĐoyants et quêteurs à mon gré.
Leur bure, leurs espadrilles, leur barbe, leurs
mendiantes insistances me hérissaient. J'en
oubliais tout à fait l'innocence et la merveilleuse
leçon du François d'Ombrie, — mon patron,
choisi entre les François possibles.

Pourtant, si je cherche à caractériser la qualité
de bonté, de douceur et de simplicité dont Massignon m'avait donné le spectacle et la leçon au long
de ces heures de Judée et d'Égypte, c'est aux
Fioretti que je pense, à leur innocence, évocation
qui me ramène, *via* le loup et les oiseaux, à la
sorte de tendresse que je voudrais célébrer ici.
Massignon, le « professeur Massignon », être de
virulence et de feu, plus prophète que mission-
naire, plus polémiste que bénisseur, c'est à François d'Assise qu'il me mène parce que je crus
déceler en lui, autrement significatif que ses
violences inspirées, un fonds inépuisable de clé-
mence. Comme tous les êtres d'exception il lui
fallait bien faire preuve de mansuétude, d'indulgence, faute pour lui de se retrouver isolé sur une
éminence solitaire. Il me semble que si, dans les
années cinquante, j'étais allé rue Monsieur lui
rendre visite avec dans mes bras une Polka encore
à quinze ans de son existence, il l'eût accueillie et
caressée ainsi qu'il sied à un humain pour qui
l'âne, le bœuf, l'agneau font partie du paysage
symbolique de sa foi.

L'âne, le bœuf, l'agneau... Ces mots prennent place ici dans les jours où sont le plus remuants les loups, — je veux dire le creux brûlant d'une campagne électorale. (On a envie d'écrire : peu importe laquelle, nous en avons vécu une demi-douzaine en si peu d'années...) Comme le dégoût et l'incertitude me montaient aux lèvres je me suis éloigné de Paris. L'affrontement entre les hommes qui se disputent le pouvoir et nos bontés, le déferlement, on dirait d'une vague, des suffisances, séductions, promesses, grimaces maquillées en sourires, les démarches frénétiques ou cauteleuses, l'évidence des cynismes, l'angélique mauvaise foi, les cruautés dont on accable d'ex-compagnons : la nausée m'en vient, au point de me faire tourner les boutons de la radio et de la télévision pour ne plus voir ni entendre en couler la supercherie.

Je suis naïf ? Oui, et même sot si vous y tenez : je trouve que nous manquons singulièrement de mépris.

Il y a en France pénurie de rigolade, disette d'irrespect. Nous nous passionnons pour des batailles de nuages, un théâtre d'ombres et de simulacres. J'écoute parler nos candidats maîtres et le rouge me vient aux joues, comme si ma fille commettait une fausse note dans un concert de collégiennes, ou mon fils, une ânerie dans un de ses premiers dîners d'adulte. Comment peut-on se compromettre, se découvrir, se défoncer pour

ÇA ? Enfin, ne nous emballons pas. Mais faites excuse, je préfère décidément dialoguer avec mon chien. Vous l'avez compris : c'est là l'autre sens symbolique et possible de cette intéressante correspondance. Elle remet les choses à leur vraie place, leur attribue vraie valeur. Comparée à la qualité moyenne des sentiments disponibles sur le marché — les déclarations d'amour électorales ne sont qu'un exemple spectaculaire —, l'amitié d'un chien vaut de l'or. Je propose d'appeler demain les abstentionnistes (toujours l'allégorie électorale) non pas pêcheurs à la ligne mais caresseurs de chiens. L'idée générale est la même — de préférer au remue-ménage les immobilités du paysage et du bouchon, la verte indifférence des rivières — mais la gentillesse et l'innocence de Polka et de ses compatriotes y ajoutent une note charnelle, un frémissement de vie qui me plaisent. Contre les humains de mon temps et leurs jeux, j'ai conclu alliance avec le peuple chien.

Le secret des statistiques

Longtemps, je crois, l'Angleterre a été le haut lieu de l'animal domestique. Il semble que cette palme lui ait été ces dernières années ravie par la France. Quant aux États-Unis, je me rappelle qu'il y a dix ou douze ans les chiens y étaient rares, à New York en tout cas, ville en apparence plus minérale que les autres, réputée brutale, pressée, et qui semblait peu faite pour la flânerie canine. Or New York ces derniers temps est devenu un vrai chenil, mode et plaisir affectés, comme souvent là-bas, d'un coefficient de gigantisme et de sophistication : plus les chiens y sont grands et princiers, plus on en est satisfait.

Mais il semble que nul lieu de l'Occident ne soit voué, comme la France d'aujourd'hui, à la passion des chiens. On les voit régner le dimanche à l'arrière des voitures ; ils envahissent les bois, les parcs, les trains ; souvent on les emmène au bureau ; on les accepte de plus en plus chaleureusement dans les restaurants et les hôtels. Les

statistiques le disent : on compterait en France
sept millions de chiens. (Ajoutons-leur quelques
autres millions de chats, pour n'être pas taxé de
racisme.)

Cette inflation mérite analyse.

Il est entendu qu'elle s'accompagne d'excès et
de vilaines conséquences : chenils indélicats, animaux abandonnés à la veille des vacances, etc. Ce
n'est pas ici le lieu de solliciter l'attendrissement
avec les histoires navrantes qui traînent les journaux. Considérées d'un peu haut, ces horreurs
sont moins significatives que la vague d'amitié qui
les charrie. Et comment, elle, l'expliquer ?

La possibilité et le goût de la dépense, bien sûr ;
notre société est devenue assez riche pour s'offrir
ces signes extérieurs d'opulence et de style que
sont les chiens. Il y a, jouant en leur faveur, la
pression de l'exemple, les ruses de la publicité.
(« Les chiens vendent », « dogs sell ! » pourraient
dire les gens du métier, remplaçant par des teckels
ou des loups allemands les femelles court vêtues et
résolument souriantes de naguère.) Il y a le
caprice des enfants, l'abondance des maisons de
campagne, une certaine image bucolique et fores-
tière que les familles se font désormais d'elles-
mêmes. Mais tout cela, qui appartient à l'ordre de
la réussite économique et sociale, n'épuise pas le
sujet. Il faut chercher plus haut et plus profond,
du côté des sentiments honorables, des angoisses
bien réelles.

Nous appartenons à une nation hargneuse.

L'expérience est banale et quotidienne, d'humains qui grognent, aboient, mordillent, mordent. Dès lors il est assez naturel, quand on a compris que les vrais chiens, eux, sont infiniment plus amènes et gais que les hommes, de se tourner vers eux afin de retrouver le bienfait d'un certain savoir-vivre. Il est bon, quand on a croisé tout le jour des visages moroses, entendu des voix grincheuses, essuyé cent petites mufleries — il est bon, rentrant chez soi, d'y être accueilli par la fête rieuse d'un chien.

Et puis, plus loin dans l'anxiété d'aujourd'hui, sans doute les chiens recréent-ils un lien entre le naturel et nous, la Nature et nous. Personne n'ose plus sourire dans une rue à des inconnus : on ose encore caresser un chien. Personne n'adresse plus sans raison la parole à personne ; on se croise en étrangers, presque en ennemis : on ose encore tutoyer les poilus de rencontre et leur offrir quelques *gratuites* paroles de sympathie. En bref : les chiens nous humanisent. Nous en avions besoin. Ils nous assouplissent, nous détendent. Le plus gourmé des visiteurs, il arrive que tu le métamorphoses, Polka, quand tu arrives au salon frétillante, intéressée, et viens lui renifler les revers de pantalon. Alors l'homme, qui l'instant d'avant ne parlait que chiffres ou littérature, fric ou vanité, soudain se penche vers toi puis, se relevant, me dit sur le ton d'une demi-confidence : « Elle a senti que j'en ai un, moi aussi… »

Nos villes, nos métiers, nos passions nous ont durcis, asséchés. Les Polka sont nos capricieuses rivières, elles nous irriguent et nous attendrissent. Voilà le vrai secret des statistiques.

Du gris sous le menton

Depuis qu'il t'afflige et t'use, je déteste le temps comme jamais. Sous ton menton, le roux si vif a grisonné. Il commence à blanchir. Au début, j'ai été seul à m'en apercevoir. Tu t'es alourdie, ralentie. La folie seule, certains mois, te faisait échapper aux langueurs de ton vieillissement. Frénétique ou dormeuse, tu n'étais plus tout à fait toi. Je me livrais au calcul fatidique, à la multiplication par sept de ton âge afin d'obtenir un repère, de juger de ton état en termes de vieillesse humaine. (Quelle sottise, au reste, ce bricolage d'années, cette comparaison insensée !...) J'arrivais à des chiffres absurdes : tu étais devenue mon aînée, une manière de mère, et mes tapes sur tes fesses devenaient indécentes.

Je t'ai peut-être désaimée, tous ces mois où tu avais perdu de ton feu. Tu t'étais empâtée, tu puais de la gueule, tu ratais l'escalade des lits et des canapés (après quoi, discrètement, pour dissimuler ton échec, tu feignais de n'avoir plus — de

n'avoir eu jamais — envie de sauter et tu te
contentais d'un coin de moquette, d'un dessous de
meuble…). Tu te serais volontiers goinfrée à
longueur de jour. Enlaidie, affadie, tu m'émou-
vais à la fois plus et moins. Plus, car je n'ai pas le
cœur piteux au point de m'éloigner des blessés,
des canards boiteux ; mais aussi moins, je l'avoue,
comme si je m'étais entraîné à ne pas trop devoir
souffrir de toi…

Sans comprendre le pourquoi de cette méta-
morphose, nous t'avons vue reconquérir tes char-
mes. Tu as retrouvé des reins souples et une
haleine d'élève sage. On nous fait compliment,
dans la rue, sur ta vivacité. Mais l'alerte a été
chaude : impossible désormais d'ignorer ton âge
— tu approches les neuf ans — et que tôt ou tard
l'épreuve sera là, qu'il faudra affronter. Jamais tu
n'as été plus charmeuse, proche de nous à n'y pas
croire malgré les années d'habitude. Je veille à ta
santé beaucoup plus attentivement qu'à la
mienne. Tu vas dix fois chez le vétérinaire quand
je consulte une fois le médecin. La menace rôde
pourtant autour de toi, qui me hante : le chat aux
trois quarts sauvage d'Englesqueville dont je
redoute les griffes folles ; les granulés destinés à
l'empoisonnement des limaces ; les voitures que tu
n'as jamais appris à redouter ; tes fuites toujours
possibles si tu décidais, un jour, de rejoindre celui
de nous dont tu aurais refusé l'absence… Pour
apaiser mes sentiments je me dis, le plus bêtement
du monde : « Quoi qu'il arrive, comme on l'aura

aimée ! Elle doit quand même s'en rendre
compte ? Ou bien croit-elle que c'est ça, une vie
de teckel, et que toutes ressemblent à la
sienne ?... » Mais au fond de moi je suis
convaincu que tu sais, sur la condition canine, à
quoi t'en tenir. Tu es désormais, voyageuse qui en
as vu d'autres, philosophe aux tempes argentées,
un chien d'expérience.

Un traité de solitude

A l'heure de ta mort, pour la supporter sans inconvenant excès de peine, rien ne comptera plus que le souvenir de tes allégresses : courses en Engadine ou à Saint-Cloud, folies de neige, passion du foie de veau. A l'heure de la mienne — et pourquoi ne pas les comparer ? — tout sera oublié, fors le silence et la joie. Mais ce pour quoi se battent les hommes finit toujours par briser silence et joie.

A vingt ans on ignore ces vérités. C'est même une des rares raisons d'aimer vieillir, que l'âge nous apprenne le vrai goût de vivre. A vingt ans on ignore que les balivernes d'idées et de prééminence ne sont rien. On prend la fumée pour le feu, le bruit pour de la musique. On ne sait pas qu'il y a souvent de la fumée sans feu. Or l'important c'est de brûler, que nos vies aient l'immobile et secrète ardeur de la braise ; l'agitation, qui n'est pas tout à fait le vent, ne l'attise pas, elle l'étouffe.

Ma lettre a tourné au traité de solitude...

Encore que, non, solitude ne soit pas le mot juste.
Je voudrais écrire : distances. Les prendre. Les
mesurer. J'aimerais — comme on dit des militaires
qu'ils « font leurs classes » —, j'aimerais écrire
« faire ses distances ». On dit aussi « faire ses
griffes » : il n'y a pas de sagesse sans un minimum
de cruauté.

Je m'interromps un instant d'écrire, — à vrai
dire, depuis un moment, je ne travaillais plus que
par bribes : j'essayais de séduire un chat...

... *Feuille detachée*
à l'adresse d'un chat

Je suis seul au chalet. Les nuages et la pluie n'ont pas désarmé depuis quatre jours. Le gris m'investit et je soutiens son siège. Les chats du voisinage — ces étranges chats vaudois, demi-sauvages, dont la montagne semble regorger — ont compris que tu étais partie, Polka, et d'heure en heure ils cernent le chalet de plus près. Le froid, la bruine, l'herbe mouillée : les arguments ne manquent pas, à leurs yeux et à leur confort, en faveur de la familiarité. Je leur dépose deux fois par jour du lait et de petits morceaux de viande. Tout cela, lapé, croqué, disparaît discrètement. Un tigré encore dans son extrême jeunesse a noué avec moi, de fort loin, des liens privilégiés. Il est d'abord venu s'abriter sous l'auvent de la porte, passant la nuit, j'imagine, sur le paillasson sec. Il monte boire mon lait sur l'appui d'une fenêtre. Il se réchauffe au bord du vestibule dont je laisse —

pour lui — la porte ouverte au risque d'attraper une bronchite. Bref : nous sympathisons.

Ce matin j'ai tenté de pousser plus loin mon avantage. J'ai placé l'assiette pleine de viande un peu loin à l'intérieur du vestibule et je me suis retiré, une seconde porte fermée derrière moi. Au bout d'un moment, risquant un œil, j'ai aperçu le tigré sur la table de l'entrée, arrondi entre un chandelier et le plateau du courrier. C'est alors que j'ai eu le tort d'essayer de faire mieux. J'ai ouvert la seconde porte, disposé encore de la viande, guetté, et refermé la porte sur le chat qui s'était risqué — après combien de haltes et de prudences ! — à explorer le lieu chaud, sec et silencieux.

Quelle stupidité de ma part ! A peine la porte repoussée derrière lui — son atavisme devait penser : à peine le piège refermé — le tigré s'est jeté sur la porte, les murs, avec une aveugle terreur qui m'a stupéfié. Puis il a foncé, droit devant lui, dans le chalet vide. Plus sauvage et ignorant que je n'imaginais il s'est jeté contre les vitres, espérant regagner, par ces grands rectangles de ciel gris, sa liberté. Il retombait, pitoyable, assommé, sans que je pusse intervenir : mes appels aggravaient sa peur. Il a traversé à toute vitesse le salon, la cuisine, mon bureau. Là, il a tenté d'escalader les rideaux et la bibliothèque, dont les livres sont dégringolés sur lui. Enfin, comme j'avais ouvert toutes les portes, un appel d'air humide et froid a sans doute indiqué que la campagne lui était, par là, offerte, et il s'y est jeté en grande folie. Il y a une heure de cela et le pauvre tigré, le nez meurtri par les vitres, le cœur en débandade, n'a pas reparu. Sans doute, dans quelque trou mouillé et sinistre, médite-t-il sur la duplicité des hommes et les sournoiseries qu'ils fomentent. Moi, solitaire dans le chalet, maladroit et grossier comme un barbare ami des chiens, je déplore la ruse vulgaire avec laquelle j'ai essayé de me faire — puisque tu es absente — un compagnon de travail. Le tigré, lui, dans sa cachette d'ombre et d'eau, apprend à se méfier davantage de nous.

Le dernier mot

Au cinéma, quand un gangster est arrêté, vient toujours un moment où quelqu'un lui fait remarquer : « Attention, tout ce que vous direz à partir de maintenant pourra être retenu contre vous... » A quoi généralement le voyou répond qu'il ne parlera plus, s'il en est ainsi, « qu'en présence de son avocat ».

J'en ai le sentiment, Polka, tout ce que j'écris depuis le premier mot de cette lettre « pourra être retenu contre moi ». Sentiment si constant en littérature — dans la littérature selon ma tête et mon goût — qu'il me paraît inséparable de l'acte d'écrire. Ce texte n'est qu'un exemple de cette loi, particulièrement éloquent parce qu'il prend la forme d'un divertissement, d'un paradoxe. Mais les impressions se recoupent, d'un danger que fait courir à l'auteur tout texte écrit très près de soi. (Comme on dit, d'un obus : il n'est pas tombé loin celui-là.) Danger avec lequel il n'est pas question de ruser : la loyauté et un certain vertige poussent

l'écrivain à l'aveu. Un aveu qu'il finit toujours par
payer. Et dans le calcul personne ne tiendra
compte de cette vertu qu'il croyait avoir inscrite à
son actif : la probité. Sous le nom — au choix —
d'exhibitionnisme, de complaisance, de provoca-
tion, elle lui sera portée à charge ; elle contribuera
à vaporiser autour de l'acte d'écrire ce parfum
vaguement répugnant que les gens de bien flairent
d'un nez infaillible.

J'ai souvent fait l'expérience sans en épuiser la
pédagogie. Ces semaines encore — ceci est écrit
l'été 74 — comme on célèbre d'abondance le
trentième anniversaire de la libération de Paris,
on redécouvre l'autosatisfaction des Français, leur
aisance à endosser les beaux uniformes de leur
légende. Que de héros ! Que de sagaces et coura-
geux historiens de l'insurrection ! Comme j'avais
tenté, dans un roman [1], de pianoter sans forcer sur
la pédale le petit air français de cette époque-là,
on m'a convoqué, comme tout le monde, à des
émissions de radio et de télévision. Là, on m'a
demandé de raconter « ce que j'avais vu ». Ce
que j'ai fait. J'ai dit la peur de mes compatriotes,
la prudence de presque tous, la grisaille où
presque tous s'étaient alors calfeutrés. Et bien
entendu cette musique sans fortissimo n'a pas plu.
N'avais-je rencontré que des lâches, côtoyé que de
mauvais Français ? Invité à parler pour — en
principe — « casser le jeu », j'aurais dû en réalité

---

1. *Allemande*, publié en 1973 aux éditions Grasset.

le jouer, mais subtilement, et finir par prendre la pose nationale. Les gens n'ont pas besoin de vérité, ils ont faim de confort. D'une certaine émission pour laquelle on m'avait interrogé attentivement, en sollicitant des nuances, en me priant de cerner la réalité de ces journées d'août 44, il n'est resté, « à l'antenne », que quelques phrases soigneusement isolées, montées en épingle et en sentences : celles qui rejetaient l'affreuse petite-bourgeoisie dans son abîme de couardise et d'indifférence à l'Histoire. J'avais bonne mine avec mes nuances.

Autre exemple : aux environs de 1961 je fus de ceux qui se mirent à considérer le général de Gaulle, jusqu'alors suspect aux vigilants démocrates, comme le seul rempart efficace entre le désespoir pied-noir, le « maintien de l'ordre » militaire et la France. Le seul capable de réaliser ce que la gauche appelait de ses vœux : l'indépendance algérienne. Plus tard, au printemps 1968, je fus de ceux qui contemplèrent avec tristesse le délabrement de tout, le déferlement de la logorrhée « révolutionnaire » et surtout le ralliement peureux et femelle de l'intelligentsia au désordre. Je découvris, dans ces deux expériences extrêmes, combien il est difficile de penser à contre-courant de la mode et du « discours dominant ». L'idéologie au pouvoir — dans les milieux où presse et livres me font vivre — est bien entendu la progressiste. Oser dire qu'on ne s'y soumet pas ou plus, qu'on la tient pour chimérique, bavarde et

irréaliste, est une entreprise un peu vaine et
risquée. Il convient pourtant de s'y aventurer, et
même on ne saurait faire autrement, — après quoi
l'on est à jamais classé parmi les badernes réac-
tionnaires. Oui, décidément, l'écrivain oublie toujours de ne parler « qu'en présence de son avocat ». Il est à lui seul l'accusé, le défenseur et —
un peu de masochisme aidant — le procureur.
Situation idéale pour finir sur la guillotine.

S'agissant de toi, Polka, il n'est pas question
d'exécution capitale ; je ne parle de guillotine que
pour faire image. Encore qu'on nous déteste
ferme, toi et moi, à l'occasion !

L'autre jour, un matin de dimanche et dans la
torpeur du mois d'août, comme nous quittions
notre rue d'Auteuil redevenue provinciale, tu as
manifesté ta joie et ton impatience du départ un
peu bien bruyamment. Sur quoi des persiennes se
sont ouvertes et, par la fenêtre, une dame s'est
penchée, des plus convenables, qui de haut en bas
m'a expliqué que toi et moi nous embarrassons le
quartier, y gâchons la « qualité de la vie », une
rue avant nous si tranquille, des jardins de rêve,
mais désormais tout cela par toi dévasté, anéanti,
et que je n'avais pas à faire le malin, c'est-pas-
parce-que-vous-êtes-écrivain, d'ailleurs faut voir,
écrivain à la manque, vous ne pourriez pas le
semer quelque part votre cabot ? — toute une
litanie de férocités et de souhaits désobligeants qui
tomba sur nous, dans le silence du matin, jusqu'à
ce que la voiture s'éloignât.

... J'ai roulé cent kilomètres dans la tristesse de
ce monologue. Je n'en voulais pas à la dame aux
cheveux blancs : tes aboiements sont souvent
odieux et je comprends qu'on enrage contre qui
vous abîme le sommeil, fût-ce à neuf heures du
matin. Mais l'*amalgame* me blessait : cette façon
(prémonitoire, si l'on y songe) d'associer chien et
littérature et de rouler ton bruit et mes griffonna-
ges dans la même farine. Si j'avais été avocat,
agent de change, kinésithérapeute, la dame en
colère ne m'aurait pas traité de son haut d' « agent
de change à la manque », ne m'aurait pas jeté :
« C'est pas parce que vous êtes avocat »... Mais
« écrivain », ça attire le haussement d'épaules, la
lippe gouailleuse. Une manière d'histrion, de pute
en appartement, quelqu'un sur qui l'on peut
crachoter parce que son chien jappe, son moteur
tourne, ses pieds occupent de la place sur le
bitume.

Tout cela — ces réflexions, mon étonnement —
tournait dans ma tête pendant que je roulais vers
la Bourgogne où Jules Roy m'attendait, — Julius
qui a vu son teckel mourir et l'a enseveli, roulé
dans un de ses vieux chandails, au fond du jardin
de Précy, sous Vézelay, et plus tard il a écrit *La
Mort de Mao,* et plus tard encore il a quitté une
maison à peine « rodée » parce que sa chienne,
une grande doberman que tes nerfs étonnaient, y
était morte empoisonnée un peu trop mystérieuse-
ment...

Ce sont vraiment deux sociétés étrangères, celle

qui aime les Polka et celle qui rêve de les « semer quelque part ». Je ne dis pas « ennemies ». J'aime de moins en moins voir à tout bout de champ des ennemis. Mais je pense qu'avec le temps le fossé va se creuser entre les uns et les autres. Ceux de mon bord — du tien — vont se raidir sur leurs principes et leurs répugnances. Lesquels feront tache d'huile : nous finirons par devenir végétariens, par aller plastiquer les ignobles zooscimetières, par préférer la piqûre des moustiques à la chimie mortelle des insecticides, les veaux et les rats aux humains. Je ne me moque plus, ou presque plus, des écologistes à tous crins, des fervents du brin d'herbe ; et moins encore des fidèles bouddhistes pour qui c'est péché que d'écraser une mouche. Chaque geste de mort que nous éliminerons de notre agitation sera une victoire. Sur quoi ? Sur l'usage vulgaire et vain fait d'un monde que nous devons *partager.*

Les gens, parfois, nous regardant vivre, toi et moi, me demandent : « Mais enfin, de votre chienne ou de vous, qui a le dernier mot ? » Je reste bouche cousue. Outre que la formulation est approximative, la seule question pour laquelle, à la rigueur, j'aurais réponse, serait : « Qui, d'elle ou de vous, a le dernier silence ? » Mais la poser, cela va sans dire, c'est n'y répondre pas.

New York-Trouville
1972-1974

DU MÊME AUTEUR

Aux Éditions Gallimard

LETTRE À MON CHIEN, 1975.

Chez d'autres éditeurs

L'EAU GRISE, *roman,* Plon, 1951.
LES ORPHELINS D'AUTEUIL, *roman,* Plon, 1956.
LE CORPS DE DIANE, *roman,* Julliard, 1957.
PORTRAIT D'UN INDIFFÉRENT, « Libelle », Fasquelle, 1957, et Grasset, 1973.

Un malaise général, Chroniques :
   1. BLEU COMME LA NUIT, Grasset, 1958.
   2. UN PETIT BOURGEOIS, Grasset, 1963.
   3. UNE HISTOIRE FRANÇAISE, Guilde du Livre, 1965, et Grasset (Grand Prix du Roman de l'Académie française), 1966.
LE MAÎTRE DE MAISON, *roman,* Grasset, 1968 (Plume d'or du *Figaro littéraire*).
LA CRÈVE, *roman,* Grasset, 1970 (Prix Femina).
ALLEMANDE, *roman,* Grasset, 1973.
VIVE LA FRANCE, *avec des photographies d'Henri Cartier-Bresson,* Robert Laffont, 1970.

COLLECTION FOLIO

Dernières parutions

2110.	François-Olivier Rousseau	*Sébastien Doré.*
2111.	Roger Nimier	*D'Artagnan amoureux.*
2112.	L.-F. Céline	*Guignol's band, I. Guignol's band, II (Le pont de Londres).*
2113.	Carlos Fuentes	*Terra Nostra, tome II.*
2114.	Zoé Oldenbourg	*Les Amours égarées.*
2115.	Paule Constant	*Propriété privée.*
2116.	Emmanuel Carrère	*Hors d'atteinte ?*
2117.	Robert Mallet	*Ellynn.*
2118.	William R. Burnett	*Quand la ville dort.*
2119.	Pierre Magnan	*Le sang des Atrides.*
2120.	Pierre Loti	*Ramuntcho.*
2121.	Annie Ernaux	*Une femme.*
2122.	Peter Handke	*Histoire d'enfant.*
2123.	Christine Aventin	*Le cœur en poche.*
2124.	Patrick Grainville	*La lisière.*
2125.	Carlos Fuentes	*Le vieux gringo.*
2126.	Muriel Spark	*Les célibataires.*
2127.	Raymond Queneau	*Contes et propos.*
2128.	Ed McBain	*Branle-bas au 87.*
2129.	Ismaïl Kadaré	*Le grand hiver.*
2130.	Hérodote	*L'Enquête, livres V à IX.*
2131.	Salvatore Satta	*Le jour du jugement.*
2132.	D. Belloc	*Suzanne.*
2133.	Jean Vautrin	*Dix-huit tentatives pour devenir un saint.*
2135.	Sempé	*De bon matin.*
2136.	Marguerite Duras	*Le square.*
2137.	Mario Vargas Llosa	*Pantaleón et les Visiteuses.*
2138.	Raymond Carver	*Les trois roses jaunes.*
2139.	Marcel Proust	*Albertine disparue.*
2140.	Henri Bosco	*Tante Martine.*
2141.	David Goodis	*Les pieds dans les nuages.*
2142.	Louis Calaferte	*Septentrion.*
2143.	Pierre Assouline	*Albert Londres.*
2144.	Jacques Perry	*Alcool vert.*

Impression Bussière à Saint-Amand (Cher),
le 24 avril 1990.
Dépôt légal : avril 1990.
1ᵉʳ dépôt légal dans la collection : septembre 1976.
Numéro d'imprimeur : 1205.
ISBN 2-07-036843-2./Imprimé en France.